나에게 드론

아름다운 청소년 ⑳

나에게 드론

초판 1쇄 발행 2020년 1월 15일 | 초판 2쇄 발행 2022년 11월 10일
지은이 홍종의 | **펴낸이** 방일권
펴낸곳 별숲 | **출판신고** 2010년 6월 17일 | **주소** 경기도 파주시 광인사길 68, 403호
전화 031-945-7980 | **팩스** 02-6209-7980 | **전자우편** everlys@naver.com

© 홍종의 2020

ISBN 978-89-97798-76-6 44800
ISBN 978-89-965755-0-4 (세트)

이 도서의 국립중앙도서관 출판예정도서목록(CIP)은 서지정보유통지원시스템 홈페이지(http://seoji.nl.go.kr)와
국가자료종합목록 구축시스템(http://kolis-net.nl.go.kr)에서 이용하실 수 있습니다. (CIP제어번호 : CIP2019053175)

나에게
드론

홍종의 장편소설

별숲

나에게로 비행

나의 미래는 어떻게 전개될 것인가? 나는 무엇이 될까? 무엇을 해야 할까? 그리고 나는 어떻게 살아야 될까?

내 열일곱 살을 돌이켜 보면 온갖 질문의 연속이었다. 벌써 40년이라는 긴 시간이 흐른 후지만 그때의 질문이 아직도 생생하다. 그만큼 치열하고 절박했다는 증거였다. 인생에 있어서 그때만큼 자기 자신에 대한 질문을 그렇게 많이 하고 힘들어한 적이 없는 것 같다.

그것은 타의든 자의든 이미 정해 놓은 길을 가고자 할 때 파생되는 고통스러운 질문이라는 것을 깨닫기까지 참 오랜 시간이 흘렀다. 대부분의 사람들은 그 길이 정도인 양 여기며 그 길에서의 이탈이 결국 낙오라고 인식한다.

나만 해도 그랬다. 내가 스스로 헤쳐 나가고 찾으려 했던 길은 글 쓰는 사람, 곧 작가였다. 그러나 현실적인 여건으로 인해 그 길에 들어서기 전에 포기해야 했고, 남들이 정도라고 여기는 길로 들어서 열일곱 살 이후 20년을 그렇게 정신없이 살았다. 그 20년이란 시간, 나름 잘

살았다고 여겼던 길이 어느 날 정작 오류였다고 깨닫는 순간 나는 삶의 의지를 잃어버리고 고통스럽게 흔들렸다.

다행히 나는 오랜 방황 후 열일곱 살로 돌아가 다시 시작할 수 있었다. 그리하여 내가 헤쳐 나가고 찾으려 했던 길, 글 쓰는 사람으로 또 20년을 치열하게 살았다. 그리고 이제 와서 비교해 보니 똑같이 20년을 산 길이지만 정도라고 여겼던 길과 이탈이라고 여겼던 길은 하늘과 땅 차이였다. 만약 내가 서로 상반되는 두 길을 걷지 않았더라면 작가의 양심상 감히 이 이야기를 창작하지 않았을 것이다.

이 이야기 《나에게 드론》은 나의 경험을 바탕으로 창작한 진솔한 이야기임을 당당하게 밝혀 둔다. 이야기 속에 등장하는 주인공은 실제 '초경량 비행장치 조종자' 국가 자격증을 취득한 특성화 고등학교 1학년 아이를 모델로 삼았다. 그리고 서사의 장치로 사용한 드론은 작가인 내가 직접 '드론의 이해와 전망'이라는 교육을 받고 이론과 실전 비행까지 경험하며 다룬 것이다. 더불어 이 이야기가 세상에 나오기까지의 과정은 아주 지난한 산고였다.

꿈이란 무엇인가? 나는 《나에게 드론》을 통해 정의를 내리려 한다. 꿈이란 바로 자기가 하고 싶어 하는 일, 해서 즐겁고 신나는 일이라고 말이다.

그렇다면 꿈을 이루기 위해서는 어떻게 해야 하는가. 내 경험으로 미뤄 10년이라는 시간이 필요하다. 그것도 전자에 언급한 대로 자신이 하고 싶어 하고 함으로써 즐겁고 신나게 할 때나 가능하다.

나 역시 다시 작가라는 꿈을 되찾기 위해 5년 정도 노력했더니 비로소 길이 보이고 10년이 되자 어느 덧 꿈의 실체와 결과물이 보였다. 이처럼 모든 길이란 단번에 찾을 수 없다. 자신만의 길을 만들기 위해서는 끊임없이 찾고자 하는 노력이 필요한 것이다.

한 가지 분명한 것은 해서 즐겁고 신나는 일은 자신이 그 일에 천부적인 재능을 타고났다고 믿으면 된다. 나는 《나에게 드론》을 창작하는 것으로 오랫동안 숙명처럼 안고 있었던 나의 열일곱, 아니 청소년기의 고통스러운 질문에서 드디어 벗어나게 되었다. 아울러 이 이야기를 접하는 모든 청소년들에게도 길 찾기의 방향이 되었으면 좋겠다.

　　길이란 정해진 것이 아니라 스스로 찾는 것이다. 드론을 날리다 보면
어느 순간 내가 드론이 되어 나를 향해 비행하는 듯한 느낌을 받는 이
유도 그 때문일 거다. 마음을 다해 이 땅의 모든 청소년들을 응원한다.

　　　　　　　　　　　　　　　　　　　나에게 드론을 부르며

　　　　　　　　　　　　　　　　　　홍종의

● 추천하는 글

  드론 교육 전문가로서 대한민국 곳곳을 다니며 수많은 교육생을 배출하고 있지만 홍종의 작가처럼 진지한 교육생은 없었다. 그 진지함이 생생한 체험이 되어 열정의 작품 《나에게 드론》을 탄생시켰다. 이 책은 단순한 드론 소재 소설이 아니라 미래를 향해 비상하는 현 시대 청소년들의 멋진 자화상이다.

– 김상희 (교육사랑 대표)

홍종의 청소년 소설 《나에게 드론》 속에는 기상천외한 두 대의 드론이 등장한다. 주인공인 고민철과 오여주다. 두 주인공들의 독특한 캐릭터가 글 속에서 수시로 튀어나와 여러분들을 짜릿한 꿈의 비행으로 이끌 것이다.

                          – 임정진 (동화작가, 서울디지털대학교 문예창작학과 교수)

● 차례

1. 비밀번호가 바뀌다

띠띠, 띠띠, 띠띠!

비밀번호 오류다. 이럴 리가 없다. 7749, 우리 집 현관문 비밀번호다. 엄마가 이 아파트에 입주하면서 구구단 '7×7=49'에서 숫자만 쏙 빼내 조합했다. 행운에 행운이 곱하기로 들어오라는 뜻일 거다. 얼마나 오랫동안 비밀번호를 바꾸지 않았는지 0에서 9, 버튼열 개 중 4, 7, 9 세 개의 숫자 버튼이 눈에 띄게 반들거렸다.

두어 달 전의 일이다.

"엄마, 숫자 버튼이 닳아서 도둑이 다 알겠다. 이제 비밀번호를 좀 바꿔 줘야 되는 것 아냐?"

민지가 정색을 하며 말한 적이 있었다.

"걱정 마, 꼭꼭 숨겨 놓은 행운의 숫자 7이 있잖아."

엄마의 대답이 맞긴 하다. 네 자리 비밀번호지만 표 나게 닳은 숫자 버튼은 세 개뿐이니까. 이어 엄마가 눈에 힘을 주며 부담스럽게 나를 똑바로 쳐다봤다. 마치 나에게 숨겨 놓은 행운의 숫자 7이 되라는 듯 말이다.

나는 다시 한번 검지에 힘을 주어 숫자 7을 두 번 꾹꾹 눌렀다. 엄마가 숨겨 놓은 그 행운의 숫자를 확실하게 찾기 위해서다. 그리고 나머지 4와 9, 별표 버튼을 차례대로 눌렀다.

띠띠, 띠띠, 띠띠!

역시 기분 나쁜 오류음이다. 비밀번호가 틀렸다는 뜻이다. 그렇다면 누군가 일부러 비밀번호를 바꾸어 버린 것이다. 의심할 여지가 없다. 나는 무의식적으로 비상계단 쪽 천장을 바라보았다. 주먹만 한 감시 카메라가 우리 집 현관을 향해 눈을 부릅뜨고 있었다.

"그리고 저것이 있는데 무슨 걱정이야."

민지의 걱정에도 엄마가 꿋꿋하게 비밀번호를 바꾸지 않는 결정적인 이유가 거기 있었다. 바로 감시 카메라다. 녹화가 되는지 감시 카메라에 빨갛게 불이 들어와 있었다. 지금쯤이면 경비 아저씨가 경비실에서 화면에 눈을 박고 감시 카메라보다 더 예리하게 나를 감시하고 있을 터였다. 그런데도 엄마가 그렇게 고집하던 비밀번호를 덜컥 바꾼 것이다.

순간적으로 가슴이 꽉 막혔다. 지난주 집에 왔을 때 집중강화반에서 나오고 싶다고 슬쩍 운을 뗐다. 간절한 마음을 숨기려고 지나가는 말로 가볍게 말했을 뿐이다.

"뭐얏!"

그런데도 엄마가 숟가락까지 놓치며 놀라서 소리쳤다. 당연한 일이다. 내가 집중강화반을 나오는 것은 엄마의 마지막 자존심을 짓밟는 배신 행위였다. 특성화 고등학교를 다니는 아들을 둔 엄마의 자존심, 아니 계획은 철두철미했다.

나를 집중강화반에서 집중 강화시켜 졸업하기 전에 공기업에 취업하도록 한다. 공기업에 들어가 얼마간 직장 생활을 하다가 군대를 보낸다. 군대에 다녀오고 나서는 복직시켜 야간 대학이라도 다니게 한다.

여기까지가 특성화 고등학교에 다니는 자식을 둔 모든 학부모들의 이상적인 희망 사항이다. 이것은 우리나라 모든 특성화 고등학교의 최상의 교육 이념, 교육 목표이기도 하다.

"야간 대학 마치면 그 즉시로 결혼시키고 아주 분가시켜 내보낼 거야."

거기에 엄마는 나의 결혼과 분가라는 다분히 이질적이고 현실성 없는 두 개의 계획을 더 보태 나를 철저하게 관리해 나갔다.

"바빠 죽겠는데 급식 검수니 학교 폭력이니 학생 지도니…… 학교의 온갖 허드렛일을 다 하고 있잖아."

맞다. 엄마가 그 빈틈없는 계획을 관철시키기 위해 학교 일에 얼마나 노력을 하는지 잘 안다. 그것은 내가 이를 악물고 이제껏 집

15

중강화반에서 버틴 이유이기도 했다.

나는 세 덩어리나 되는 짐을 질질 끌고 비상계단참으로 나갔다. 감시 카메라의 뒤편, 사각지대로 가자 마음에 좀 여유가 생겼다.

숨을 몰아쉬고 휴대 전화를 꺼내 보니 카톡 메시지가 무려 50개가 넘었다. 보나마나 집중강화반 아이들이 무작위로 던진 것들이다. 분명히 수업에 들어가기 전일 거다. 수업에 들어갈 때는 휴대 전화를 반납해야 하니까 말이다. 그것이 담당 선생인 커터칼이 병적으로 고집하는 집중강화반 아이들의 첫 번째 의무 사항이었다.

'짜식들! 부럽기도 하겠지.'

나도 모르게 어깨에 힘이 팍 들어갔다. 몇몇 아이들도 틈만 나면 나처럼 집중강화반에서 탈출하고 싶어 했다.

"아, 집쫑! 집쫑!"

커터칼이 백 번 천 번 집중을 외쳐 봐라. 오늘은 천하의 커터칼이라도 집중강화반 아이들을 구호처럼 집중시키지 못할 것이다. 이제 집중강화반에 남은 아이들 스물네 명은 수업에 들어가서도 내 빈자리를 보며 집중을 못 할 것이다.

"야, 고민철! 너, 어디 가?"

한 시간 반 전, 하필 기숙사에서 짐을 꾸려 나올 때 커터칼과 딱 마주쳤다. 몇몇 아이들이 부러워하며 나를 호위하던 참이었다.

"집!"

커터칼의 질문이었지만 나의 대답은 빠르고 짧았다. 구구절절 이유를 대다가는 도저히 커터칼의 손아귀에서 벗어날 수 없다.

"원위치!"

커터칼도 지지 않았다. 오른손 검지로 나를 똑바로 찔러 놓고 이내 사선으로 예리하게 비껴 쳤다. 이제껏 커터칼의 그 무적 검법에 쓰러지지 않은 집중강화반 아이는 없었다. 아이들이 눈치를 보며 슬금슬금 흩어졌고, 짐 한 덩어리를 들어 주던 우혁이도 슬그머니 짐을 내려놓고 물러났다. 나는 보란 듯이 그 짐을 거뜬하게 챙기고 당당하게 교문을 향해 걸어 나왔다.

"네 엄마가 백 번 천 번 와서 다시 집중강화반에 넣어 달라고 빌어도 소용없어. 넌 이제 끝이야."

커터칼이 마지막으로 소리쳤다. 커터칼이라면 충분히 그러고도 남는다. 이제 모든 문제는 나의 몫이 되었다. 엄마가 커터칼을 찾아가 나를 다시 집중강화반에 넣어 달라고 매달리지 않도록 해야 한다. 그것이 과연 가능할까?

움직임을 멈추자 비상계단의 센서등이 꺼졌다. 이어 환기창에 간당간당하게 걸려 있던 햇살마저 아래로 추락해 버렸다. 비상계단이 갑자기 어둑해졌다. 나는 꺼진 센서등을 피해 몸을 웅크리며 한쪽 구석으로 파고들었다. 그리고 기숙사 짐을 조심스레 풀어 침낭을 꺼내 바닥에 깔았다.

역시 침낭 속은 정직하게 아늑하다. 이 느낌 때문에 나는 네 명이 같이 쓰는 기숙사 방, 이층 침대를 버리고 한사코 침낭 취침을 고집했다. 아이들은 그런 나를 '별난 애벌레'라고 불렀다.

아파트 비상계단은 완전한 애벌레가 되기 위한 최적의 공간이었다. 바닥에 댄 뒤통수를 통해 전해지는 아파트 엘리베이터의 진동이 열차의 진동처럼 기분 좋게 느껴졌다. 그래, 나는 지금 여행을 떠나는 거다. 한 번도 가 보지 않은 낯선 곳, 그 미지의 세계로 가기 위해 열차를 탄 것이다.

아니면 한숨 푹 자고 나서 다 자란 애벌레처럼 침낭을 뚫고 나오는 거다. 두 팔 대신 날개가 돋아 있을지 모를 일이다. 그러면 나는 날개를 가진 멋진 곤충이 되어 환기창을 통해 하늘로 날아갈 것이다. 날아갈 것이다. 날아갈 것이다. 날아갈 것이다……. 나는 주문처럼 입 속으로 계속해서 되뇌었다. 그러자 최면에 걸린 듯 깊은 잠 속으로 서서히 빠져들어 갔다.

드디어 나에게 날개가 생기려나 보다. 온몸이 따끔거리더니 후끈해졌다. 눈을 감았지만 눈꺼풀을 통해 오로라 같은 빛무리가 투영되었다. 이제껏 경험해 보지 못한 아주 강렬하고 매력적인 빛이었다. 눈을 떴다가는 한순간에 빛이 사라질지도 모를 일이다. 그래서 나는 눈꺼풀에 힘을 주며 빛을 지키려 애벌레처럼 몸을 꿈틀거렸다.

"꼭 이러고 싶냐?"

누나인 민지의 앙칼진 목소리가 눈꺼풀을 후려쳤다. 민지는 말이 누나지, 4분 차이로 태어난 쌍둥이다. 민지와 나의 그 4분이라는 시간값은 실로 잔인하고 고통스러웠다. 쌍둥이니까 당연히 둘이 나눠야 될 공부머리를 민지 혼자 독식한 것이다. 그 독식으로 초등학교, 중학교 그리고 현재까지 내가 입어야 하는 피해는 말로 표현할 수 없이 엄청났다. 민지는 줄곧 1등을 지켰고, 나는 꼴찌에서 빌빌거렸다. 오죽하면 다른 쌍둥이들이 나를 보고 쌍둥이에 대한 예의가 아니라고 했을까.

"비, 비밀번호가 틀려서……."

나는 침낭에서 몸을 빼내며 웅얼거렸다.

"그게 말이 돼? 말이 된다고 생각해?"

민지가 머리맡에 곱게 놓아두었던 내 휴대 전화를 발끝으로 툭툭 건드리며 성깔을 부렸다. 휴대 전화가 힘없이 튕겨져 나갔다.

"왜 죄 없는 전화를 발로 차!"

내가 버럭 소리를 질렀다.

"내가 언제 전화에게 죄가 있대? 머리가 그렇게 안 돌아가? 내 말은 전화를 두고도 비밀번호를 못 물어보냐는 거잖아."

나라고 왜 그 생각을 안 했을까? 엄마에게는 아니라도 적어도 민지에게는 현관문의 바뀐 비밀번호를 물어볼까도 생각했다. 아마 지금까지 민지가 집에 오지 않았다면 물어봤을지도 모른다. 그러나 그때는 그냥 물어보기 싫었다.

"창피하게 여기서 이러지 말고 얼른 들어와."

민지가 천장의 감시 카메라를 바라보며 신경질적으로 말했다.

감시 카메라를 피해 집 안으로 끌고 들어가 본격적으로 시작할 모양이었다.

띠리링!

민지의 손끝에서 현관문이 경쾌한 소리를 내며 열렸다. 나는 허겁지겁 계단참에 있던 짐 덩어리들을 챙겼다. 바닥에 폈던 침낭이 곤충의 허물처럼 초라하게 끌려 왔다.

"비밀번호를 바꾼 것 알았어?"

짐 덩어리를 거실에 내려놓기 무섭게 민지가 물었다. 짐 덩어리 중에 가까스로 세워 놓은 백팩이 힘없이 쓰러지려고 했다. 쓰러진다 해도 내용물 중 엎질러질 것은 하나도 없는데도 몸이 반사적으로 반응했다. 백팩을 세우며 대신 내가 거실에 쓰러졌다.

"아무리 그래도 소용없다는 것 잘 알지?"

민지가 뾰족하게 말했다. 내가 아픈 척 엄살을 떨기 위해 일부러 바닥에 쓰러진 줄 아나 보다.

"특성화 고등학교? 말이 좋아 특성화지 무슨……. 이러는 너 자체가 찌질한 특성화야. 시키면 시키는 대로 밥 먹고, 잠자고, 공부하고……. 그것도 못해?"

또 시작이다. 엄마나 민지는 일단 입을 열었다 하면 수십 수백 가지의 화려한 말로 나의 기분을 분해하고 난도질해 버린다. 민지가 집 안을 휘젓고 다니며 불이란 불은 모조리 켰다. 본격적으로 시작하려는 거다.

"내가 못 올 데 왔냐?"

지금은 그냥 당하고 있을 때가 아니다. 일단은 민지를 통해 전투력을 올려놓아야만 더 강한 엄마를 대적할 수 있다. 잘해야 한 시간 이내에 엄마가 들이닥칠 것이다.

"못 올 데는 아니지만 올 때가 아니잖아."

민지에게 또 말꼬리를 잡혔다.

"내 집인데 올 때 안 올 때가 어딨어. 너는 그럼 지금 올 때야?"

이 시간이면 민지가 집에 올 때가 아니다. 학원까지 들렀다 오려면 앞으로 네 시간은 지나야 했다.

"내가 오고 싶어 온 줄 알아? 나, 생리통이야. 지금 아파 죽겠다고."

민지가 아랫배를 움켜쥐며 은박지를 구기듯 얼굴을 구겼다. 민지의 생리통은 유명하다. 초등학교 6학년 때부터 한 달에 한 번 집 안을 발칵 뒤집어 놓았다. 첫 생리를 했을 때 집에서 축하 파티를 안 해 줘서 그렇단다. 나는 민지의 말이 진짜인 줄 알고 인터넷 검색까지 해 보았지만 그런 정보는 하나도 없었다.

나중에 안 일이지만 생리통에 대한 민지의 억지는 순전히 아빠에 대한 원망이었다. 그 당시 우리 집은 망할 대로 망한 상태였다. 전자회사를 다니던 아빠가 하루아침에 회사를 그만두고 피시방을 차렸고, 그 피시방은 1년도 안 돼 보기 좋게 망했다. 그런데 무슨 첫 생리 파티를 할 수 있느냐 말이다.

"민철아, 내가 부탁 좀 할게."

갑자기 민지의 태도가 한껏 누그러졌다. 생리통의 영향인지 모른다. 민지의 말에 의하면 민지의 생리는 폭발성 생리라는 거다. 전혀 느낌이 없다가 폭발하듯 터지면서 아랫배를 도려내는 듯한 고통을 준다고 했다. 그 덕에 나는 민지의 진통제 심부름을 심심찮게 했다. 이 상황에서 그런 심부름이라면 단번에 뛰어나가도 좋았다.

"제발 기숙사로 돌아가 줄래? 엄마한테는 비밀로 할게. 엄마가 아끼던 비밀번호를 바꾼 것만 봐도 잘 알잖아. 엄마가 알면 우리 집은 완전 끝장이야."

"알고 있어."

각오한 일이다. 그러나 내가 두려운 것은 엄마의 야단이 아니라, 엄마가 학교로 찾아가 비굴하게 커터칼에게 매달리는 일이었다. 커터칼은 얼마나 의기양양하여 그런 엄마를 향해 칼을 휘둘러 댈 것인가. 만약 엄마가 그 상황에 처한다면 차라리 내가……. 그 생각에 미치자 단단하던 마음이 순식간에 무너져 내렸다.

"요즘 엄마가 예민해. 그리고 나도 다음 주에 시험, 시험이야."

민지가 시험이라는 말을 반복하면서 힘을 주었다. 민지에게 시험이란 목숨이다. 만약 시험을 망친다면 무슨 행동을 할지 몰랐다. 엄마가 화를 내는 것보다 열배 백배의 가혹한 대가를 치르고도 남았다.

"제발 부탁이야. 기숙사로 돌아가 줘. 내가 이렇게 빌게."

민지가 내 코앞에 두 손을 들이밀고 파리처럼 싹싹 비벼 댔다. 어느새 민지의 두 눈에서 눈물이 줄줄 흘러내렸다.

"알았어! 나가면 될 것 아냐."

나가면 나가는 것이지 기숙사로 돌아간다는 말은 절대 하지 않았다. 현재로서는 기숙사로 다시 돌아갈 마음은 눈곱만큼도 없었다. 어찌 되었든 지금 이 상황에서는 내가 집을 나가야 되는 게 확실했다. 나는 벌레의 허물처럼 널브러진 침낭을 손에 힘을 주어 꼼꼼하게 말았다.

"잘했어! 잘 생각했어!"

민지가 얼른 백팩을 벌려 주었다. 침낭이 들어가자 백팩이 풍선처럼 빵빵해졌다. 침낭이 도로 튕겨 나올까 무서운지 민지가 달려들어 백팩의 지퍼를 잠가 주었다.

"오늘은 이것만 가지고 가. 나머지 짐은 네 방 침대 밑에 넣어 둘게. 그리고 우리 집 비밀번호는 8864야. 행운은 이미 시작되었고 엄마가 이제부터는 팔팔하게 신나게 살자더라."

민지가 등에 백팩을 메 주고 현관문을 향해 나를 떠밀어 댔다.

"오늘은 생리통이 우리 집을 살렸네? 참아 보려고 했는데 어쩐지 자꾸 집에 오고 싶더라니. 정말 얼마나 다행이야."

민지의 목소리가 한층 밝아졌다.

"엄마 올 시간이니까 엘리베이터 타지 말고 곧장 비상계단으로 내려가. 알았지?"

민지가 신발도 신지 않고 쫓아 나와 나를 비상계단 쪽으로 밀어 놓고 얼른 몸을 돌렸다. 움직임을 감지한 비상계단의 센서등이 켜지고 동시에 우리 집 현관문 닫히는 소리가 들렸다. 비상계단의 아래층은 아직 불이 켜지지 않아 캄캄했다. 어쩐 일인지 발이 계단참에 달라붙은 듯했다. 마음은 벌써 계단을 내려가고 있는데 이상하게 몸이 말을 안 들었다.

혹시, 혹시 하는 말인데 아빠도 지금의 나처럼 어쩔 수 없이 집을 나가야 했던 건 아닐까? 정말 오랜만에 아빠 생각이 떠올랐다.

2. 진로 멘토 과외

아파트를 빠져나오기도 전에 순우 형으로부터 전화가 왔다. 버스 터미널 거기로 곧장 가서 꼼짝 말고 기다리란다. 나를 교묘하게 집에서 쫓아낸 민지의 깔끔한 사후 처리였다.

민지는 체질적으로 자신의 공부에 방해가 되는 그 어떤 요인도 용납하지 않았다. 초등학교 3학년쯤이었다. 내가 워낙 수학을 못하니까 엄마가 민지에게 좀 가르쳐 주라고 했던 것 같다. 민지가 억울해 죽겠다는 듯 눈물을 줄줄 흘리며 나에게 수학을 가르쳐 주었다.

거기까지는 괜찮았다. 시험을 보고 난 후가 문제였다. 민지는 나에게 수학을 가르쳐 주느라 시간을 뺏기는 바람에 하나를 틀렸다고 펄펄 뛰었다. 나는 그 시험에서 딱 하나만 맞았는데 말이다.

엄마도 문제였다. 열아홉 개 맞아 95점인 민지의 시험지와 한 개를 맞아 5점인 내 시험지를 나란히 놓고 우선 민지에게 잘못을 빌었다. 나를 꾸짖는 대신 내가 맞은 딱 하나의 문제까지도 민지에게 주고 싶어 안타까워했다. 공교롭게도 내가 맞은 딱 하나의 문제가 민지가 틀린 딱 하나의 문제와 딱 맞아떨어졌던 것이다.

"이기적인 년!"

나는 민지에게 씹어뱉듯이 욕을 해 주었다. 하필 마트를 다녀오던 아줌마가 내 곁을 지나칠 때였다. 아차! 했지만 늦었다. 아줌마가 주춤하더니 고개를 돌려 나를 뚫어지게 쳐다봤다. 가로등 불빛을 옆으로 비껴 받는 아줌마의 눈에서 푸릇한 빛이 쏟아졌다.

"너, 지금 나한테 욕한 거니?"

"아, 아줌마가 아니고요. 저, 저기요."

나는 얼른 손을 들어 올려 아파트를 가리켰다. 당황한 탓인지 내 손가락은 우리 집이 있는 4층을 훌쩍 뛰어넘어 12층쯤을 향하고 있었다. 아줌마가 머리를 젖히고 내 손가락 끝을 확인했다.

"누구를 바보로 알아?"

아줌마가 파르르 성깔을 돋웠다.

"유빈 엄마, 왜 그래?"

거기에 또 한 아줌마가 쫓아와 달라붙었다.

"저 녀석이 지나가는 나한테 '이런 미친 년'이라고 욕을 하잖아."

아줌마가 힘을 얻고 소리를 질렀다. 말도 안 되게 억울한 억지였다. 아줌마는 내가 민지에게 한 욕 중에 첫 자 '이'와 마지막 자 '년'

만 들었다. 나머지 가운데 단어는 아줌마가 급하고 편한 대로 채워 버렸다. 여기저기에서 아줌마들이 구멍에서 빠져나오는 미어캣들처럼 머리를 반짝반짝 들며 다가왔다. 머뭇거리다가는 금방 아줌마들에게 포위될 듯했다.

"에이 씨이!"

나는 등에 메고 있던 백팩을 벗어 바닥에 내리꽂았다. 이것만이 이 상황에서 내가 할 수 있는 최상의 설득이었다. 백팩의 보조 주머니가 열려 있었는지 이어폰이 튀어나오며 파편처럼 날았다. 다가들던 아줌마들이 반사적으로 그 자리에 멈추었다.

"유빈 엄마, 가자! 얼른 가자."

힘을 보태던 아줌마가 억지를 쓰던 아줌마를 재빨리 아파트 안쪽으로 몰아 나에게서 거리를 벌려 놓았다. 그러면서 요즘 아이들이 무섭다느니 어쩌니 하며 낮은 소리로 수군거렸다. 그 수군거림은 급성 전염병인 양 삽시간에 아줌마들을 감염시켰다. 졸지에 나는 아주 못돼 먹은 비행 청소년이 되어 버렸다.

그때였다. 와인색 승용차가 아파트로 진입해 들어왔다. 엄마의 차였다. 내가 서 있는 곳이 지하 주차장으로 이어진 길이라 머뭇거리다가는 엄마에 걸릴 것이다. 나는 땅바닥에 떨어진 백팩의 어깨끈 한쪽을 재빨리 낚아채 후문 쪽으로 뛰었다. 보조 주머니에 남아 있던 것들이 기다렸다는 듯 여기저기로 튀어 나갔다. 그렇다고 그것들을 챙길 시간적 여유가 없었다.

그냥 지나칠 엄마가 아니다. 승용차를 멈추고 엄마가 더 나서서 아파트의 어느 집 아이인가 한번 조사를 해 보자고 앞장설지 모를 일이었다. 아줌마들 중 누군가가 내가 엄마의 아들이라는 것을 말하지 않으면 말이다.

손에 쥐고 있던 휴대 전화가 부르르 떨리더니 힘없이 소리를 내며 꺼졌다. 배터리가 방전되어 버린 것이었다. 그제야 나는 백팩의 보조 주머니에서 빠져나간 것들이 무엇인지 알아차렸다. 이어폰은 망가져 진즉 포기한 상태였다. 휴대 전화 보조 배터리와 충전기, 블루투스 스피커와 256G USB 메모리였다. 무엇보다도 용돈을 아껴 지난달에 구입한 20만 원 상당의 드론파이터였다. 드론파이터는 몇 번 날려 보지도 못했다.

심장이 뚝 떨어지는 듯했다. 나는 재빨리 땅바닥에 주저앉아 백팩의 보조 주머니에 손을 넣어 휘저어 보았다. 드론파이터의 배터리 한 개만 달랑 남았다.

"아악!"

나는 비명을 내지르며 두 손으로 머리카락을 쥐어뜯었다. 그것들은 나에게 절대 포기할 수 없는 물건들이었다. 절박한 마음 덕분인지 아파트를 빠져나올 때의 경로가 순식간에 머릿속에 그려졌다. 보조 주머니에서 튀어 나간 물건들이 땅에 떨어지던 소리와 느낌을 그 경로에 입혀 보았다. 잘하면 찾을 수 있을 것도 같았다.

나는 바람막이 겉옷을 벗어 보조 주머니를 채웠다. 그리고 백팩을 가슴 쪽으로 돌려 메고 손가락을 빗 삼아 머리카락을 다듬어 이마에 내렸다. 이 정도 위장술이면 모범생으로 아파트로 잠입해 들어가 볼 만했다. 그래도 가슴이 두근거렸다.

그사이 아파트 내의 가로등이 더 밝아졌지만 불빛이 닿지 않은 곳은 상대적으로 더 어두워졌다. 나는 몸을 잔뜩 낮춰 역방향으로 경로를 더듬어 나갔다. 그러나 얼마 지나지 않아 머릿속에 그렸던 그 경로가 뒤죽박죽으로 꼬이기 시작했다. 내가 처음 머릿속에 그린 경로는 순방향이었던 것이다.

한 시간 넘게 길고양이처럼 몸을 낮추고 눈에 불을 켜며 경로를 더듬었지만 하나도 찾지 못했다. 백팩을 팽개쳤던 처음 자리로 돌아가 다시 순방향으로 더듬어 보았지만 그 또한 마찬가지였다. 오히려 혼란만 가중되어 겨우 붙잡고 있던 물건들의 이탈음과 느낌들도 지워져 버렸다.

순우 형이 곧 버스 터미널에 도착할 시간이었다. 어쩌면 도착해서 나에게 전화를 걸었을지도 모른다. 당연히 휴대 전화 전원이 꺼졌다는 음성이 들렸을 것이다. 모범 모범 하는 순우 형이 얼마나 당황했을까. 순우 형이 겁을 집어먹고 민지나 엄마에게 전화를 해 버리면 큰일이었다.

더 이상 지체할 시간이 없었다. 오늘따라 택시도 보이지 않았다. 나는 두 정거장 거리를 정신없이 달려 버스 터미널에 도착했다. 온몸이 땀으로 흠뻑 젖었다. 순우 형이 지정해 준 버스 터미널 거기,

맥도널드 매장 1층 우측 구석 자리가 나의 과외방이다. 문을 밀고 들어서자 그 자리에서 벌떡 일어나는 순우 형의 모습이 두 눈을 덮쳤다.

"너어?"

의자에 쓰러지듯 앉는 내게 순우 형이 소리를 지르려다 참았다. 순우 형의 얼굴은 빅사이즈 버거만큼 부풀어 있었다. 나는 순우 형이 남긴 콜라를 입 속에 털어 넣었다. 그래도 헐떡거리는 숨을 다스릴 수 없었다.

"왜 그래? 뭐가 문젠데?"

앞으로 돌려 멘 백팩을 벗어 내려놓자 그나마 가슴이 진정되었다. 그것을 놓치지 않고 순우 형이 재빨리 물었다. 나도 그제야 순우 형을 자세히 바라보았다. 순우 형은 금빛 엠블럼과 공기업명이 선명하게 박힌 작업용 유니폼을 입은 채였다. 민지의 전화를 받고 옷도 갈아입지 못하고 허겁지겁 달려온 듯했다.

"집중강화반이 힘든 것 알아. 나 때도 그랬어. 커터칼에게 200대를 맞으면 나처럼 공기업에 들어올 수 있고, 100대를 맞으면 대기업에 들어가고, 50대를 맞으면 중소기업에 들어갔어."

순우 형이 몸을 앞으로 내밀며 말했다. 처음 듣는 소리였다. 그래서인지 순우 형의 유니폼에 박힌 공기업의 금빛 엠블럼이 한껏 도드라져 보였다. 어쩌면 순우 형은 진로 멘토로서의 역할을 훌륭히 수행하려고 일부러 유니폼을 입고 왔을지도 몰랐다.

"나 때는 커터칼에게 엄청 맞았는데, 요즘은 시대가 변해 커터칼도 그럴 수 없지."

순우 형의 시대와 나의 시대, 겨우 3년 차이다. 그런데도 순우 형은 마치 30년의 차이가 나는 듯 말했다. 하긴 지금의 순우 형과 나, 신분의 차이는 30년이 아니라 하늘과 땅 차이였다.

집중강화반 아이들의 필수 코스로 정해진 진로 멘토 과외, 바로 우리 엄마의 머리에서 나온 아이디어다. 그 아이디어를 일반화시켜 보급하기 전에 엄마는 비밀 사전 조사와 검증을 거쳐 올해 졸업생 중 가장 모범적인 순우 형을 나의 진로 멘토 과외 선생으로 낙점했다.

아이들한테는 날고 기며 군림하던 커터칼이 드디어 엄마의 덫에 걸려들었다. 커터칼은 엄마의 제안대로 아이디어를 자신의 기획인 양 그럴듯하게 꾸며 대내외적으로 온갖 홍보를 했고, 학교와 학부모들에게 그 공로를 인정받았다. 그 대가로 나는 집중강화반에 들어갈 수 있었던 것이다.

"형도 알잖아요. 나는 원래 집중강화반 대상이 아니었어요. 엄마가 억지로 집어넣어서 다니는 거잖아요. 형도 내가 공부 못하는 것 알잖아요."

나의 말에 순우 형이 좀 놀라는 듯했다. 한 달에 두 번, 순우 형의 진로 멘토 과외는 일방적이었다. 나는 햄버거를 먹으며 순우 형의 모범적인 학교생활과 건실한 직장 생활을 듣기만 했다. 이미 엄

마에게 귀에 딱지가 앉을 만큼 들은 특성화 고등학교 학생의 진로
교과서 읽기 시간이었다.

지난번 과외에서는 순우 형이 수능 시험을 준비하는 중이라고
했다. 특성화 고등학교 졸업생으로서 공기업에서 일하며 야간에
대학을 다니는 아주 이상적인 진로대로 말이다.

"특성화 고등학교 학생들 공부, 거기서 거기야. 누가 얼마나 열
심히 하느냐 하는 거지. 나, 나도 중학교 때는 그렇게 고, 공부 못
했어. 그리고 민철이 너, 너도 아주 머리가 나쁜 게 아냐. 민지만
보더라도 토, 톱이잖아."

순우 형이 당황한 것이 분명했다. 말이 빨라지면서 더듬거렸다.
순우 형은 다른 집중강화반 아이들의 진로 멘토와는 다르다. 그 진
로 멘토들은 커터칼이 일방적으로 맺어 주었다. 당연히 다른 진로
멘토들은 멘티인 학생과 학부모에게 어떠한 대가를 받지 않는다.
소위 커터칼이 주장하는 학교와 후배를 위한 자발적인 봉사였다.

"우리 민철이가 순우 학생과 똑같이만 된다면 내가 가만히 있겠
어? 순우 학생 대학 등록금은 내가 부담할 거야. 확실히 하기 위해
각서를 하나 써 놨으니 안심해. 그리고 한 달에 두 번 우리 민철이
멘토 역할을 해 줄 때마다 내가 넉넉하게 성의 표시는 할게. 알았
지?"

순우 형과 엄마의 전화 통화 내용이다. 지난달, 엄마의 승용차
블랙박스 메모리를 포맷시켜 주려다 우연히 들어 버렸다. 녹화된

날짜를 보니 특성화 고등학교 합격자 발표 직후였다. 어쩐지 나와 순우 형이 처음 만나는 자리에서 엄마는 순우 형에게 당당하게 이것저것 많은 요구를 했다.

"자, 잠깐만."

순우 형이 걸려 온 전화를 받자마자 얼른 일어섰다. 순우 형이 재빨리 막는다 막았지만 민지의 목소리가 휴대 전화에서 흘러나왔다. 갑자기 배가 훅 고팠다.

"저기 형이 이따 계산할 거예요. 빅버거 세트 하나 주세요."

나는 계산대에 서서 밖에서 통화하는 순우 형을 가리키며 주문했다. 엄마가 준 신용카드가 있었지만 일부러 사용하지 않았다. 금방 엄마에게 알림 문자가 발송될 것이다. 민지와 순우 형의 통화는 주문한 빅버거 세트가 나올 때까지 계속되었다.

"어? 주문했어? 잘했어."

자리로 돌아온 순우 형이 태연한 척 웃었다. 순우 형의 얼굴은 햇볕 아래에 있다 온 듯 벌겋게 달구어져 있었다.

"급한 전화예요? 바쁜 것 아니에요?"

오히려 나의 태연한 척이 더 자연스러웠다.

"카드를 놓고 왔어요. 형이 좀 계산해 주세요."

나는 햄버거를 한입 크게 베어 물고 머리를 숙인 채 말했다. 말이 떨어지기 무섭게 순우 형이 자리에서 일어나 계산대로 갔다. 나의 진로 멘토 역에 대한 엄마와 순우 형의 비밀스러운 계약과 조건을 민지도 익히 알고 있는 것이다. 그러니까 나를 집에서 내쫓아 놓고 부담 없이 순우 형에게 연락을 했고, 이렇게 확인까지 하는 것이었다. 엄마, 커터칼, 민지, 순우 형이 서로 물리고 물렸다. 나를 가운데에 두고 말이다.

"푸풉!"

갑자기 웃음이 터져 나오면서 입에 물었던 햄버거의 패티가 힘차게 뿜어졌다.

"그래, 햄버거 먹고 형이 기숙사 데려다줄게. 이도구 선생님께는 내가 잘 얘기할게. 나도 집중강화반에서 나오려고 몇 번 탈출한 적이 있었어. 하하하."

순우 형이 아주 어색하게 웃었다. 순우 형의 입에서 나온 이도구라는 커터칼의 본명이 무척 낯설었다.

"형, 나 기숙사 찾아갈 수 있어요. 걱정 마요."

나는 머리를 숙인 채 열심히 햄버거를 베어 먹었다. 그제야 안심이 된다는 듯 순우 형이 손을 뻗어 내 어깨를 툭툭 두드렸다.

"그런데 왜 전화를 꺼 놓았어? 걱정되게."

순우 형이 물었다.

"전화는 방전되었고요, 보조 배터리와 충전기는 잃어버렸어요."

"너, 전화 방전되도록 안 쓰잖아. 배터리가 50퍼센트만 남아도 얼른 갈아 버리잖아."

순우 형이 그것을 어떻게 알겠냐는 말이다. 아무리 말투를 바꿨

어도 순우 형은 민지의 말을 그대로 전달하고 있을 뿐이었다. 민지의 말이 맞다. 이제껏 나는 휴대 전화 배터리를 50퍼센트 이하로 써 본 적이 없었다. 보조 배터리를 가지고 다니면서 최소한 80퍼센트 이상을 유지하면서 썼다. 엄마나 민지는 그런 나에게 신경 쓸 것이 없어서 쓸데없는 데 신경을 쓴다며 비웃었다.

"이것 써!"

순우 형이 가방에서 보조 배터리를 꺼내 주었다. 내가 가만히 있자 순우 형이 테이블에 놓여 있는 내 휴대 전화를 보조 배터리에 연결시켜 놓았다. 충전이 되는지 휴대 전화의 램프가 깜빡거렸다.

순우 형은 내가 빅버거 세트를 전부 먹을 때까지 침착하게 기다려 주었다. 오늘 순우 형이 한 진로 멘토 과외는 그것이 전부였다. 순우 형은 민지의 갑작스러운 호출로 인해 과외 준비를 미처 못 해 왔는지도 모를 일이었다. 민지의 부탁이었겠지만 그래도 즉각 엄마에게 보고하지 않은 점은 고마웠다.

"형, 이제 가요. 저도 기숙사 들어갈 테니 걱정 말고요."

그때 하얀 셔츠를 입은 남자 넷이 매장으로 들어와 우리 옆자리에 앉았다. 순우 형보다 나이가 더 들었겠지만 얼굴은 더 어려 보이고 반짝거렸다. 마침 순우 형과 한 남자가 서로 등을 맞대고 앉게 되었다.

"김 과장 하는 꼴 더러워서 못 다니겠다. 당장 사표를 써야지. 내가 갈 데가 없어서 이러는 줄 알아? 그쪽에서는 연봉 8천 준다고 오라더라.”

순우 형과 등을 맞댄 남자가 몸을 뒤로 젖히며 큰소리를 쳤다. 그 바람에 남자의 등이 순우 형의 몸을 밀었다.

“죄송합니다!”

순우 형이 얼른 의자에서 일어나 그 남자에게 허리를 꺾으며 사과했다. 보다시피 정작 잘못은 그 남자가 한 것이었다.

“이거 뭐야!”

남자가 뒤로 젖힌 몸도 일으키지 않으며 순우 형을 노려보았다.

잘못도 없이 순우 형이 그 남자에게 사과를 한 것까지는 참을 수 있었다. 그런데 그 남자가 순우 형에게 ‘이거’라고 하자 눈에서 불이 나고 가슴이 폭발할 것 같았다.

“민철아, 가자.”

내가 그 남자를 노려보자 순우 형이 나를 잡아끌었다. 남자에게 한마디도 못 하고 못 이기는 척 순우 형에게 끌려가는 내가 너무 싫었다. 너무 싫어 왈칵 눈물이 쏟아졌다.

3. 세상에서 가장 긴 밤

    기숙사 앞까지 같이 가겠다는 순우 형을 극구 떼어 놓았다. 몇 번이나 뒤를 돌아보는 순우 형의 피곤한 뒷모습이 오래도록 머릿 속에 남았다. 순우 형을 태운 버스가 떠나자 나도 버스표를 끊었 다. 막차였다.

    아빠에게로 갈 것이다. 아빠가 4년 동안 야생동물처럼 숨어서 살 고 있는 그 산속까지는 무리라는 것을 잘 안다. 그러나 나는 갑자 기 주어진 이 밤을 어떻게든 처리해야 했다. 다른 아이들에게 그렇 게 쉬운 피시방도 내게는 힘들다. 아빠가 피시방을 하다가 망해 버 린 후로 우리 집에서 컴퓨터 사용은 극히 제한적이었다. 따라서 아 이들이 일상적으로 즐기는 인터넷 게임도 나에게는 낯선 세계였다.

    버스가 출발하자마자 실내등이 꺼졌다. 마치 깊은 동굴 속 같았다. 버스의 움직임에 따라 도시의 불빛들이 분분하게 날아올랐다. 어둠 속에서 날렸던 드론파이터의 LED 불빛처럼 말이다. 나는 백팩의 보조 주머니를 뒤져 마지막으로 남은 드론파이터의 배터리를 손에 꼭 쥐었다. 그렇게 하자 손바닥이 뜨거워졌다. 배터리를 장착했을 때의 드론파이터 본체처럼 갑자기 내 몸에 LED 불빛이 점등되는 듯했다.

우웅, 우웅, 우웅!

내 몸이 가득 충전된 드론파이터 본체처럼 보챘다. 나의 마지막 조종기 역할을 하던 순우 형까지 물리쳤으니 이제 거칠 것이 없었다. 조종기가 없으니 어디든 나의 의지대로 날아가면 된다.

상승, 하강, 좌로 비행, 우로 비행, 회전과 호버링……. 나는 그동안 익힌 드론파이터의 모든 비행 기술을 총동원했다. 어느새 나의 두 팔과 두 다리가 드론파이터의 네 개의 플롭이 되었다. 나는 머릿속으로 그린 비행 방식에 따라 플롭의 회전 방향과 회전수를 조절해 나갔다.

아빠가 있는 곳은 엄마의 승용차로도 세 시간은 달려야 하는 먼 곳이었다. 탄력을 받은 내 몸이 금방 차창 밖 빠르게 비행하는 도시의 불빛 속에 묻혔다. 그 숱한 불빛 중에서 유독 허공으로 치솟는 불빛이 있었다. 나였다. 멀리 가기 위해서는 일단 높이 올라야 했다. 드론파이터를 날리면서 터득한 비행 기술이었다.

일단 머릿속의 GPS 센서를 가동시켜 아빠가 있는 곳이라는 목적지를 설정해 놓은 상태였다. 그곳에 닿기까지 당분간 착륙이나 비상 착륙은 없다. 이제부터 내 마음대로 자유 비행을 하는 것이다.

버스에 탄 사람들은 모두 열 명 남짓이다. 빈자리가 많은데 하필 내가 앉은 통로 쪽 옆자리에 한 아줌마가 뒤늦게 앉았다. 버스 시간을 맞추려고 허겁지겁 달려왔는지 아줌마는 한참 동안 헐떡거렸다. 시큼한 땀 냄새가 확 풍겼다.

아줌마의 몸이 자꾸 내 쪽으로 잠식해 들어왔다. 내가 충분히 차창 쪽으로 몸을 붙여 자리를 넓혀 주었지만 소용없었다. 이대로 가다가는 비행 방향을 잃어버릴 듯했다.

"저, 불편하시면 제가 자리를 옮길까요?"

나는 차창 밖에 시선을 둔 채 엉덩이를 들썩거렸다. 어느 정도 고도를 유지하며 비행하던 몸이 불안정하게 흔들렸다.

"괜찮아, 편하게 앉아."

아줌마가 말했다. 그러면서도 아줌마는 내 쪽으로 기울어진 몸을 거둬 가지 않았다. 나는 드론파이터가 그랬듯 장애물을 피해 어렵게 몸을 빼냈다. 여전히 눈길을 차창 밖에 둔 채였다.

"괜찮다니까 그래. 그냥 앉아 있어."

아줌마가 일어서려는 내 몸을 억지로 주저앉히며 결코 길을 터 주지 않았다. 그 바람에 나는 겨우 붙잡고 있던 차창 밖 불빛을 놓쳤고, 몸이 그대로 어둠 속으로 곤두박질쳐 버렸다. 이것은 비상 착륙도 아니라 일방적인 추락이었다.

"학생은 어디까지 가?"

아줌마가 물었다. 걸려도 된통 걸렸다. 느낌인데 아줌마는 궁금증으로 똘똘 뭉친 성격인 듯했다.

"끝요."

나는 화가 나 빌미를 주지 않기 위해 딱 잘라 말했다. 그러면서 손에 쥐고 있던 드론파이터의 배터리를 보조 주머니에 넣었다. 이쯤에서는 내가 먼저 포기하는 것이 나았다. 나의 비행은 여기서 끝이었다.

끝!

단호하게 내뱉은 이 말을 다시 곱씹자 갑자기 숨이 턱 막혔다. 사실 버스의 종점이 진짜 끝은 아니다. 아빠는 그 종점보다도 더 멀리 있었다. 그곳은 엄마도 나도 민지도 한 번도 가 보지 못한 낯선 곳이었다.

아빠가 집을 나가고 1년을 채운 어느 날, 내가 지금 탄 버스의 종점인 작은 도시의 병원에서 연락이 왔다. 무슨 원시 수렵시대도 아닌데 아빠가 멧돼지에 물려 입원해 있다는 거다. 엄마로부터 그 이야기를 들었을 때 나는 정말 신기했다. 그런데 엄마는 심각했다. 병원비를 납부해야 하는 보호자로서 엄마가 긴급 호출을 당한 것이었다.

당연히 민지는 공부를 해야 해서 빠졌고, 엄마와 내가 서둘러 길을 떠났다. 승용차로 세 시간이나 걸리는 곳으로 아빠를 찾아가면서 엄마는 미리 준비하고 있었다는 듯 쉬지 않고 욕을 해 댔다.

다행히 퇴원할 무렵이어서 아빠가 얼마나 다쳤는지 몰랐다.

"우리 민철이 많이 컸구나."

엄마가 병원비 계산을 위해 잠시 자리를 비운 사이 아빠가 빙그레 웃으며 말했다. 다친 상처 때문에 몸을 웅크리고 있어서 아빠가 작아진 것이지 결코 내가 큰 것이 아니었다. 그때까지 내 키는 아빠가 집을 나간 초등학교 6학년 때와 똑같았다.

나는 아빠의 거칠어진 손에 손을 잡힌 채 아무 말도 못 했다. 생전 안 하던 지독한 차멀미 때문이었다. 사실 차멀미도 차멀미였지만 엄마에게 들은 욕 때문에 아빠가 더 낯설었다고 하는 것이 맞았다.

퇴원을 하고 아빠는 엄마와 나를 먼저 보내려고 했다. 산속까지는 차가 닿지 않는다는 것이었다. 무량사까지는 차가 다니고 거기서 얼마 안 된다고 했다. 아빠의 말이 떨어지기 무섭게 엄마가 즉각 택시를 잡아 주며 택시비를 지불해 주었다.

"내가 불쌍하지."

내 눈에는 아빠가 더 불쌍하고 초라해 보였는데 엄마는 멀어지는 택시를 보면서 본인이 불쌍하다고 한숨을 쉬며 주먹으로 가슴을 때렸다.

"너, 학생 아니야?"

"……."

갑자기 옆자리 아줌마가 나를 빤히 쳐다보며 물었다. 생각에 빠져 있는 동안 아줌마에게 틈을 주어 버린 것이다.

"내일 학교 안 가? 아직 고등학생 같은데?"

안 가는 것이 당연하다. 이 시간에 그 먼 거리로 가는 마지막 버스를 탔으니까 말이다. 도착하자마자 되짚어 오는 버스가 있을 리도 없지만 첫차를 탄다 해도 등교 시간이 훨씬 넘을 것이다.

"나는 우리 아들한테 다녀오는 거야. 공부하느라 기운 없어 하기에 닭 좀 잡고 보약도 좀 다려 가지고…… 성공대 다니거든. 몸 생각하며 공부 조금만 하라고 해도 말을 들어야지. 고등학교 때 그렇게 공부만 했으니 대학교 때는 좀 쉬엄쉬엄해도 될 텐데 말야."

성공대라면 우리 집에서 그리 멀지 않은, 수재들만 간다는 대학이다. 앞으로 민지가 갈 대학이기도 했다.

"……."

"고등학생이 학교는 안 가고 이 시간에 어디를 가는 거야?"

"……."

나는 온 힘을 다해 아줌마와의 대화를 단절해 보려고 노력했다.

"아주머니, 좀 조용히 해요. 잠 좀 잡시다."

뒤에서 아저씨의 둔탁한 목소리가 들렸다.

"자식 같아서 걱정이 되어 그렇지, 내가 할 일이 없어서 이러나?"

아줌마가 혼자 구시렁거렸다. 이후에도 아줌마의 구시렁거림은 한동안 계속되었다. 나는 굼벵이처럼 몸을 동그랗게 말았다. 그리고 보조 주머니에서 바람막이를 꺼내 머리에 뒤집어썼다.

버스가 고속도로 휴게소에서 멈춰 섰을 때 아줌마가 순순히 길을 터 주었다. 휴대 전화를 확인하지 않았지만 몇 개의 문자와 카톡이 와 있을 것이다. 문자야 그냥 무시해 버리면 되지만 카톡은 읽고 안 읽고가 표시 난다. 휴대 전화의 패턴을 풀자 나의 예감이 적중했다. 순우 형에게 먼저 문자가 와 있었다.

문자를 보내도 대꾸가 없자 곧바로 카톡을 보낸 모양이다. 복사해서 붙여 넣었는지 두 곳의 문장이 똑같았다. 나는 카톡으로 '기숙사'라는 한 단어만 날렸다. 민지는 민지답게 순우 형에게 나를 인계한 후 신경을 아주 꺼 버린 듯했다.

10분 후 출발한다던 버스가 미리 시동을 걸고 붕붕거렸다. 버스에 오르니 옆자리 아줌마가 아직 탑승하지 않았다. 나는 자리에 놓아두었던 백팩을 거둬 찜해 두었던 빈자리로 옮겼다. 답답하던 가슴이 뻥 뚫리는 듯했다. 버스 기사가 버스 안을 대낮처럼 밝혔다.

"아이구, 버스 놓칠 뻔했네."

아줌마가 허겁지겁 버스에 올랐다. 아줌마는 나를 발견하고 무의식적으로 내게로 다가왔다.

"내 가방!"

의자에 앉으려던 아줌마가 가방을 찾으며 깜짝 놀랐다. 가방이 있을 리 없었다.

"옮기면 옮긴다고 말을 해야지. 깜짝 놀랐잖아."

뒤늦게 자리를 찾은 아줌마가 내게 짜증을 냈다. 그래도 상관없었다. 마침 문자가 오는지 휴대 전화가 진동을 했다. 방금 전 카톡을 받은 순우 형일 것이다. 나는 순우 형이 준 보조 배터리를 휴대전화에서 분리했다. 휴대 전화가 힘을 잃고 꺼져 버렸다.

아직도 밤은 깊어지고 있었다. 나는 세상에 태어나 가장 길고 긴 밤을 맞는 중이었다. 버스의 종점까지 간다 해도 도착 예정 시간이 고작 12시다. 12시를 기점으로 밤이 옅어진다 해도 날이 밝으려면 적어도 다섯 시간 이상은 버텨야 했다. 작은 도시에서 그 다섯 시간을 어떻게 보내야 될지 걱정이었다. 그리고 내 머릿속에 세팅된 GPS 기능은 그 도시가 끝이었다. 더 이상 아빠가 있는 곳에 대한 정보가 없었다. 이제는 분분하게 날아다니던 도시의 불빛도 사라지고 창밖은 캄캄한 어둠뿐이었다.

버스 안에는 은은한 미등이 밝혀졌다. 한숨 달게 잤는지 둔탁한 목소리를 냈던 아저씨가 요청하여 켜 놓았다. 다른 사람들도 별다른 불평이 없었다. 나는 보조 주머니에 넣어 두었던 드론파이터의 배터리를 다시 찾아 쥐었다. 배터리가 서늘하도록 차가웠다. 손에 힘을 주었지만 그 차가운 느낌은 좀처럼 사라지지 않았다.

"학생, 이것 하나 먹을 거야?"

아줌마가 쇼핑백에서 빵을 꺼내 내게 내밀었다. 쇼핑백에는 이름 있는 베이커리 로고가 선명했다.

"우리 아들이 사 준 거야. 내려가면서 차 안에서 출출할 때 나눠 먹으라고."

내가 받기를 망설이자 자리에서 일어난 아줌마가 승객들에게 빵을 하나씩 돌리기 시작했다. 아줌마는 버스 기사 몫까지 꼼꼼하게 챙겼다.

"이래도 안 먹을 거야?"

아줌마가 마지막으로 내게 다가와 빵을 내밀었다.

"학생, 어른이 주는 성의를 봐서라도 얼른 받아. 성공대 다니는 아들이 사 준 빵이라잖아. 그 빵 먹고 기를 받아 성공대에 가는 거야. 하하하."

아저씨는 목소리가 둔탁하더니 웃음도 둔탁했다. 나는 어쩔 수 없이 아줌마가 주는 빵을 받았다. 버스 안은 아줌마의 빵으로 하여 딱딱하던 분위기가 확 풀어지면서 왁자지껄해졌다. 여기저기 서로 통성명이 오갔고, 이리저리 건너고 건너 모두들 금방 아는 사이가 되어 버렸다. 특히 둔탁한 목소리를 냈던 아저씨는 그 작은 도시의 토박이인 듯했다.

아저씨는 빵을 나눠 준 아줌마를 금방 형수씨라고 불렀다. 거기에 버스 기사까지 합세하여 고속버스가 관광버스가 되어 버렸다. 버스에 탄 사람들이 그렇게 친해질수록 나 혼자만 점점 외톨이가 되었다.

"그런데 거기 학생은 어디 가는 거야? 보아하니 우리 지역 학생은 아닌데."

둔탁한 목소리 아저씨가 화살을 나에게 꽂았다.

"가출한 학생인가? 호호호."

맨 뒷자리에 앉아 있는 아줌마가 나섰다.

"가출은 무슨……. 공부 잘하는 모범생처럼 생겼구만."

앞자리에 앉은 아저씨가 몸까지 일으켜 나를 바라보며 맞받았다. 모든 사람들이 숨을 죽이고 나를 지켜보고 있었다.

"무, 무량사요!"

내 입에서 무량사라는 말이 튀어나왔다. 작은 도시까지만 인지되었던 GPS 기능이 얼결에 무량사라는 절까지 확장된 것이었다.

"무량사?"

"무량사라고?"

두어 사람이 되물었다.

"아이고, 맞네. 어쩐지 기운이 하나도 없어 보인다 했더니만. 무량사에서 아픈 엄마가 요양을 하는 거네. 엄마가 보고 싶어 이 밤에 막차를 탄 것이고……. 아이고, 짠해서 어쩐대."

맨 뒷자리 아줌마가 슬픈 척하는 목소리로 한바탕 난리를 피웠다.

"그나저나 이 밤에 무량사까지 어찌 가려고. 쯧쯧쯧!"

빵을 나눠 준 아줌마가 혀를 끌끌 찼다.

"아이구, 형수씨! 내가 있는데 뭔 걱정이요. 내가 터미널 주차장에 차를 대 놨으니 후딱 무량사에 데려다주면 되지요. 하핫핫!"

둔탁한 목소리 아저씨가 나섰다.

"아유, 안심이에요. 역시 삼남에서 노 사장님 빼면 시체라니까? 가는 길에 오정 쪽으로 돌아가 나도 좀 내려 주고요. 호호호."

맨 뒷자리 아줌마가 슬쩍 묻어가려 했다. 둔탁한 목소리 아저씨가 거기에는 일체 대꾸를 하지 않았다. 그러자 버스 안의 분위기가 삽시간에 가라앉았다. 버스 기사가 버스의 실내등을 모조리 꺼 버렸다.

버스가 12시 반에 터미널에 도착했다. 둔탁한 목소리 아저씨가 가장 먼저 차에서 내렸고, 사람들은 언제 친했냐는 듯이 서로 짐을 챙겨 떠나기 바빴다. 모두 막차를 타는 바람에 짧아진 밤을 아쉬워하는 듯했다. 나는 급할 것이 없어 제일 마지막에 천천히 버스에서 내렸다.

빠앙!

터미널 끝에서 자동차가 강렬한 헤드라이트를 쏘아 대며 경음기를 울렸다. 손으로 불빛을 막으며 주춤거리자 자동차가 나를 향해 다가왔다.

"타!"

둔탁한 목소리 아저씨였다.

"아, 아니에요."

나는 뒷걸음질을 치며 사양했다.

"아니긴 뭘. 지금 무량사까지 가는 택시도 없어."

둔탁한 목소리가 나를 낚아채 버렸다. 나는 어쩔 수 없이 빨려 들어가듯 조수석에 올라탔다. 문을 닫자마자 승용차가 어둠을 가르며 어딘가로 끝없이 달렸다. 승용차가 낡은 탓인지 엔진 소리까지도 둔탁했다.

4. 아빠의 서식지

눈을 뜨자마자 걱정이 온몸을 덮쳤다. 이미 휴대 전화의 배터리는 말끔하게 방전된 상태였다. 그렇다고 여기까지 와서 아빠 찾기를 포기할 수 없었다. 새벽 예불을 마친 스님이 길 떠날 채비를 했다.

"부자지간에 대한 나의 업보일세, 업보야."

스님이 중얼거리며 앞장섰다. 스님의 바짓가랑이가 금방 새벽이슬에 흠뻑 젖었다. 지난밤 둔탁한 목소리 아저씨로부터 나를 넘겨받은 스님과 아주 짧은 대화를 나눴다. 밤이 깊은 탓도 있지만 내가 멧돼지에 물린 아빠 이야기를 꺼내자 스님이 머리를 끄덕이더니 더 이상 묻지 않고 잠자리를 마련해 주었다.

산속의 아침 공기는 코끝이 매울 만큼 신선했다. 초가을로 접어

든 탓에 나뭇잎들이 서로 경쟁하듯 새벽이슬을 물감 삼아 물들이기를 하는 듯했다. 발소리에 놀란 청설모 한 마리가 나뭇가지에 쪼르르 올라가 나를 말끄러미 내려다보았다. 청설모는 얄미울 정도로 눈망울이 초롱초롱했다. 활짝 펼친 청설모의 꼬리털 사이사이로 햇살이 무지갯빛으로 어룽어룽 맺혔다. 산속의 모든 것들이 햇살을 받고 어둠의 껍질을 벗겨 내고 있었다. 나 혼자만 얼굴이 어두웠다.

"걱정해서 변하지 않을 것이면 아예 걱정은 털어라. 하나도 도움이 안 된다."

앞서 걷던 스님이 가시넝쿨을 한쪽으로 치워 주며 말했다. 그사이 스님은 내 얼굴에 잔뜩 드리워진 걱정 그늘을 봤나 보다.

"몇 살인고?"

스님이 처음으로 나이를 물었다.

"열일곱입니다."

"열일곱, 열일곱이라."

스님이 열일곱이라는 숫자를 셈하는 듯 머리를 한참 동안 끄덕거렸다.

"인생 한 고비 넘길 때로구나. 나도 열일곱에 중이 되었으니 말이다."

열일곱에 중이 되었다는 스님의 말이 귀에 쏙 들어왔다. 그래서인지 어렵기만 했던 스님이 조금 친근하게 느껴졌다.

스님의 나이는 가늠하기 어려웠다. 파랗게 밀어 버린 머리 탓이었다. 얼굴에 주름이 없고 몸매도 균형이 잡혀 탄탄했다. 나는 지금의 내 모습에 머리를 깎고 스님 옷을 입혀 보았다. 그렇게 하자 스님의 나이가 내 나이 세 배쯤으로 가늠되었다. 그렇다면 딱 아빠의 나이와 맞아떨어졌다.

"그냥 며칠 묵어가면 괜찮아질 게다."

스님의 말대로면 좋겠다. 커터칼과 담임은 내가 일이 있어 결석했겠거니 할 것이다. 민지와 순우 형은 내가 기숙사에 있겠거니 하면 된다. 네 사람 중 누구 하나라도 나를 적극적으로 찾는다면 엄마라는 거대한 태풍이 몰아칠 것이었다. 그 태풍의 여파가 결국에는 죄 없는 아빠에게 큰 재앙으로 남을 일이었다.

"아빠만 보고 금방 올라가려고요."

나는 스님이 억지로 붙잡기라도 하는 듯 깜짝 놀라서 말했다.

"그러겠나?"

스님이 빙그레 웃으며 물었다. 나는 망설이지 않고 머리를 끄덕였다.

"호잇! 허잇!"

가파른 산기슭에 사람의 입소리가 쩌렁쩌렁 메아리쳤다. 스님이 손을 들어 하늘을 가리켰다. 커다란 새 한 마리가 공중에 그림처럼 멈춰 있었다. 마치 호버링을 하는 드론처럼 보였다. 스님이 움직이려 하는 나를 가만히 끌어당겨 자신의 몸에 붙였다. 스님의 옷에서 마른풀 냄새가 물씬 풍겼다.

"호잇! 허잇!"

소리가 다시 산기슭을 흔들자 공중에 멈춰 있던 새가 내리꽂히 듯이 어딘가로 떨어져 내렸다. 나는 무의식적으로 손가락을 꼼지락거렸다. 호버링하는 드론파이터를 하강시켜 착륙시킬 때처럼 말이다.

"됐다. 저기에 네 아버지가 있을 것이다."

스님이 새가 떨어진 곳으로 방향을 잡았다.

딱딱 딱따그르. 딱딱 딱따그르…….

스님이 목탁을 두드렸다. 조용하던 산이 스님의 목탁 소리에 한꺼번에 깨어났다. 바람 소리가 들리는 듯하더니 새소리가 합창하듯 한층 높아졌다. 여기저기에서 부스럭거리는 소리가 들렸다. 마치 산 전체가 살아 있는 듯 움직였다.

"아니, 스님이 이 아침에 웬일이십니까?"

귀에 익은 아빠의 목소리가 들렸다. 아빠의 목소리를 듣자 소나기를 맞은 듯 가슴이 후드득거렸다. 나는 손바닥으로 가슴을 가만히 눌렀다.

"내가 목탁을 칠 때는 산 주인들에게 신고하는 것 아닙니까. 자, 보세요!"

미처 방어할 새도 없이 갑자기 스님이 몸을 한쪽으로 비켰다. 스님의 몸에 가려졌던 내 몸이 아빠의 눈앞에 온전하게 드러났다.

"미, 민철이?"

아빠가 눈을 동그랗게 뜨며 놀랐다. 그때 아빠의 팔 위에 앉아 있던 큰 새가 훌쩍 날아오르는가 싶더니 공중을 향해 공처럼 튀어 올랐다.

"아빠! 흐흑!"

아빠를 보자 나는 왈칵 울음이 터졌다.

"어, 어떻게 여길……."

아빠가 믿어지지 않는다는 듯 선뜻 다가들지 못했다. 나도 마찬가지였다. 눈에 보이는 아빠의 모습은 숲에서 흔히 볼 수 있는 커다란 풀덤불 같았다. 귀가 푹 덮이도록 치렁하게 자란 머리칼과 솔잎처럼 곤추선 수염 때문이다. 거기에 아빠가 걸치고 있는 헐렁한 셔츠와 헐렁한 바지에 바람이 쉴 새 없이 들락거렸다. 풀덤불 속을 자유롭게 드나드는 바람처럼 말이다.

"나는 이제 볼일 마치고 갑니다."

스님이 합장을 하고 몸을 돌렸다. 망설이던 아빠가 스님을 배웅하는 척하며 내게 다가왔다. 그러더니 내 옆까지 와 몸을 나란히 했다. 아빠의 숨소리가 거칠게 들렸다. 나는 입술을 깨물어 터져 나온 울음을 어렵게 추슬렀다.

"감사합니다. 조심히 내려가세요."

아빠도 스님의 뒷모습을 향해 허리를 깊이 숙이며 합장을 했다. 나도 따라서 했다. 아빠와 나는 나란히 서서 스님의 모습이 보이지 않을 때까지 아무 말도 안 했다.

"끼익! 끼익!"

큰 새가 울었다. 공중으로 튀어 올랐던 큰 새가 원을 그리며 나타나 건너편 기슭의 나뭇가지에 내려앉았다.

"끼익! 끼익!"

큰 새가 다시 울었다. 마치 아빠에게 말을 거는 듯했다.

"우리 민철이 많이 컸구나."

아빠가 나를 정면에서 바라봤다. 이제 아빠가 나를 옳게 제대로 본 것이다. 중학교 2학년 때부터 크기 시작한 키가 30센티미터 이상이었다. 상대적으로 아빠의 키는 더 작아진 듯했다.

"멧돼지에게 다친 데는 괜찮아요?"

나는 한 발 뒤로 물러서 아빠의 몸을 찬찬히 살피며 물었다. 이런 산속이라면 원시 수렵시대에나 있을 법한, 멧돼지에게 물렸다는 말에 설득력이 있었다. 당장이라도 멧돼지가 튀어나올 듯 산이 깊고 깊었다. 갑자기 몸이 오싹해졌다.

"응, 괜찮아. 멧돼지 잘못이 아니라 아빠 잘못이지 뭐. 멧돼지가 사는 곳에 아빠가 침입한 거니까 당연히 혼나야지 뭐."

"……."

"멧돼지가 사람을 물면 멧돼지 잘못이 아니라 사람 잘못이야. 그런데도 사람들은 멧돼지 잘못이라고 멧돼지를 해치려고 하지. 아빠가 멧돼지에게 물렸다는 소식을 듣고 여기저기에서 사냥꾼들이 몰려들더라. 사람을 문 멧돼지는 합법적으로 잡을 수 있다나 뭐라나. 아빠는 그 사냥꾼들을 물리치기가 더 힘들었어."

그렇다면 아빠를 문 멧돼지가 아직도 산에 있다는 말이었다. 나는 몸을 움츠리며 두리번거렸다.

"이제 멧돼지도 나를 받아들여 괜찮아. 같이 이 산에서 사이좋게 사는 거지 뭐."

아빠가 안심시켜 주었다.

"여기서 이러지 말고 집에 가자."

"……."

"호잇! 허잇!"

아빠가 오른팔을 앞으로 내밀며 큰 소리로 외쳤다. 큰 새가 내려앉은 건너편 기슭의 나뭇가지를 향해서다.

"끼익! 끼익!"

대답이라도 하듯 큰 새가 울었다.

"호잇! 허잇!"

아빠가 다시 소리를 치자 큰 새가 나뭇가지를 박차고 날아올랐다. 마치 드론파이터가 상승하는 듯했다. 그와 동시에 아빠가 마중하듯 앞으로 몇 걸음 나갔다. 상승하던 큰 새가 부드러운 곡선을 그리며 하강하기 시작했다. 드론파이터로는 도저히 따라 할 수 없는 고도의 비행 기술이었다. 큰 새가 소리 없이 사뿐히 날아와 아빠의 팔에 내려앉았다.

'와아!'

나는 탄성을 지를 뻔했다. 큰 새는 딱 한 번 텔레비전에서 본 적이 있는 참매였다. 옛날 사람들이 길들여 사냥할 때 썼다는 맹금이다.

"새끼였을 때 다친 것을 데려와 돌봐 줬더니 떠나지도 않고 이렇게 말을 듣더라. 이제 혼자 독립해야 되는데 말야."

아빠가 참매의 목을 손가락으로 쓸어 주었다. 참매가 도도하게 목을 세우고 날카로운 눈으로 나를 주시했다. 참매의 몸에서 풍기는 기운이 예사롭지 않았다.

"아빠, 나도 드론 샀어요."

나는 잔뜩 위축되어 작은 소리로 말했다.

"뭔 드런?"

아빠가 알아듣지 못하고 되물었다. 공연한 말을 했다고 곧 후회했다. 드론을 사긴 샀지만 잃어버렸으니 지금은 안 산 것이나 마찬가지였다. 없는 드론을 가지고 아빠와 어떻게 말을 이어 볼까 욕심을 부린 것이었다.

"뭐를 샀다고?"

아빠가 다시 물었다. 여기서 대답을 안 하면 아빠와 끝내 대화를 이어갈 수 없을 듯했다.

"드론을 샀다고요. 참매처럼 하늘을 날아다니는 드론요. GPS도 없고 이미지 센서도 자이로 센서도 없는 완전 먹통 드론파이터요. 그래도 연습용으로 최고예요. 이제 어려운 호버링도 척척 하거든요. 팬텀이나 인스파이어나 전문가용 드론은 모든 센서들이 갖춰져 있어 날리기가 더 쉽대요."

나는 내가 알고 있는 드론에 대한 지식을 총동원했다.

"아, 드론! 멋진 일이다. 아빠도 한번 날리게 해 주라."

의외였다. 전자회사를 다녔던 아빠지만 전자기기를 다루는 데는 무척 서툴렀다. 그래서인지 번번이 승진에서 미끄러지고 끝내는 회사를 나와 버렸다. 아빠는 세상의 모든 씨앗을 연구하는 육종학자가 되고 싶었단다. 아빠의 말을 좀 더 빌자면 세상의 씨앗이 되는 그런 일을 하고 싶었다고 했다. 그러나 할아버지의 반대로 전자공학을 공부하고 전자회사에 다니게 된 것이었다.

"민철이는 드론 날리는 것이 재밌니? 재미있을 것 같은데? 이 녀석이 하늘을 나는 것을 보면 나도 같이 나는 기분이더라."

아빠가 팔을 흔들어 참매를 날렸다. 참매가 사선으로 날았다. 그것을 바라보던 아빠도 두 팔을 벌려 참매 흉내를 냈다. 아빠가 제법 그럴듯하게 비행 자세를 잡았다. 많이 따라 해 본 솜씨였다. 나도 드론파이터를 날릴 때 두 손은 조종기를 잡고 있지만 어깨로 비행을 따라 했다. 참매가 어느 순간 공중으로 치솟아 한 바퀴 회전 비행을 하다 산 너머로 날아가 버렸다.

"그러면 뭘 해. 두어 시간 있으면 또 찾아올 건데."

아빠는 참매가 돌아올 것이라고 자신했다. 그사이 아빠와 나는 허름한 통나무집에 닿았다. 말이 집이지 형편없는 움막이었다.

"여기가 아빠의 서식지다. 하하하."

아빠가 서식지라고 분명히 말했다. 동물이 보금자리를 만들어 사는 곳을 흔히 서식지라고 한다. 아주 적확한 표현이었다.

"우리 아침밥 먹어야지?"

아빠가 움막을 휘젓고 다니며 그릇 몇 개를 챙겼고, 이어 냇가로 내려가 쌀을 씻어 와 불을 피웠다. 그리고 이곳저곳에서 반찬거리를 챙겼다. 아빠의 그 모든 행동들이 서식지를 중심으로 익숙하게 먹이 활동을 하는 한 마리 동물처럼 평화로워 보였다.

"아빠, 행복하세요?"

나는 단도직입적으로 아빠에게 물었다.

"민지와 네게 미안하지. 특히 민철이 네게."

아빠의 목소리가 흔들렸다.

"미안해하실 것 없어요. 아빠만 행복하면 된 거예요."

나는 진심으로 말했다. 회사를 다닐 때 그리고 피시방을 할 때 아빠는 늘 피곤에 젖어 있었고, 웃는 얼굴인 적이 없었다. 당연히 아빠와 뭔가 같이 했던 기억도 별로 없다.

아빠가 돈 벌기를 포기하고 집을 나갔을 때 엄마가 대신 돈 벌기에 나섰다. 절박하니까 그렇게 되더라고 했지만 엄마는 돈 벌기에 동물적인 감각을 타고난 듯했다. 공인중개사 시험을 봐서 합격을 하더니만 거침없이 부동산 시장으로 뛰어들었다. 요즘은 부동산뿐만 아니라 커플 매니저까지 겸업하고 있다.

"우리 민철이 많이 컸구나."

아빠가 하던 일을 멈추고 나를 한참 동안 쳐다보았다. 이 말을 할 때만 아빠가 나를 똑바로 본다는 것을 비로소 느낄 수 있었다. 나는 아빠의 눈자위가 붉어지는 것을 발견했다. 그러나 아직 아빠의 눈물을 확인하고 싶지 않아 내가 서둘러 자리를 피했다.

"아빠, 밥 먹고 집에 갈게요. 무량사까지만 데려다주세요."

나는 불 위에서 끓어 넘치는 냄비 뚜껑을 열며 말했다. 밥 냄새가 확 풍겼다. 갑자기 배고픔이 몰려와 다리가 휘청거렸다.

나물 무침과 버섯 장아찌로 깔끔하면서도 배부른 아침 식사를 마쳤다. 아직도 코끝에 맴도는 아침 공기 같은 맛이었다.

"저 밥 냄비는 민철이 네가 냇가에서 좀 씻어 줄래?"

아빠가 밥풀이 수북하게 남은 냄비를 가리켰다. 숟가락으로 긁으면 밥이 반 공기는 나올 정도였다. 나는 숟가락을 찾기 위해 두리번거렸다.

"그냥 가지고 가서 닦아."

아빠가 그런 나를 말렸다. 냇가에 내려가 냄비를 담그자 무엇인가 까맣게 몰려들었다. 자세히 보니 손가락 굵기만 한 버들치들이었다. 냄비를 흔들자 밥풀이 하얗게 일어나 물 위에 떴다. 버들치들이 밥풀을 덥석덥석 받아먹었다.

"그놈들도 아침밥 먹어야지."

냄비에 남긴 밥은 바로 물고기들의 아침밥이었다. 버들치들도 나처럼 깔끔하고 배부른 아침 식사를 했다.

나는 허리를 펴고 아빠의 서식지를 천천히 휘둘러보았다. 이곳은 아빠의 서식지이자 버들치와 참매의 서식지이고 어쩌면 멧돼지의 서식지일지도 몰랐다. 나로 인해 이 평화로운 서식지가 순식간에 파괴될지도 모를 일이었다.

지금쯤 엄마는 나의 실종을 알아차렸을 것이다. 내 휴대 전화가 마지막으로 꺼진 것은 고속도로에서였다. 엄마라면 위치 추적을 통해 내 휴대 전화가 꺼진 지점까지 알아냈을 것이다. 엄마의 촉은 단번에 아빠에게 꽂힐 것이고…….

"아빠, 저 이제 갈래요."

생각이 거기에 이르자 갑자기 마음이 급해졌다.

"천천히 가도 늦지 않은데?"

아빠가 능청을 부렸다. 그럴수록 마음이 더 바빠졌다. 아빠는 통나무집에 들어가 한참 동안 나오지 않았다. 마음 같아서는 혼자 무량사를 향해 내달리고 싶었다. 그러나 아무리 기억을 더듬어도 스님과 함께 올라왔던 산길이 기억에 잡히지 않았다. 어느 틈에 길이 하얗게 지워져 버린 것이다.

5. 길은 내는 것이 아니라 찾는 것이다

나는 바빠 죽겠는데 아빠는 아니었다.

"요놈이 나를 물었던 놈이다. 방금 지나갔구나."

아빠를 물었다는 멧돼지를 말하는 거다. 머리칼이 쭈뼛 섰다. 아빠가 땅에 주저앉으며 손가락으로 동물의 발자국을 꼼꼼하게 탐지했다. 아빠의 손가락 끝에 물기가 묻어 나왔다.

"발자국 깊이가 이 정도면 몸무게가 150킬로는 넘을 거다. 이놈은 다이어트를 좀 해야 되는데 말야."

아빠가 심각하게 말했다. 사실이라면 멧돼지의 크기가 어마어마한 거다. 아빠는 물려서 병원에 입원까지 하고도 무섭지 않은 모양이었다. 아빠와 같이 산을 내려가는 길은 길이 아니었다. 생각해 보니 길이 아니었던 것은 스님과 함께 올라올 때도 그랬다. 나뭇가지와 억새풀과 가시넝쿨투성이었다. 거기에 덜컹거리는 돌들이 몇 번이나 내 몸을 흔들어 쓰러뜨리려고 했다.

괜히 겁을 먹고 서둘렀다는 생각이 들었다. 언제나 하이힐만 신고 다니는 엄마, 지리 감각과 방향 감각이 부족해 내비게이션이 없으면 낯선 곳에선 운전을 못하는 엄마, 흙과 풀이 몸에 닿는 것을 벌레가 붙은 듯 싫어하는 엄마다. 그런 엄마가 이 악조건인 아빠의 서식지로 쳐들어올 리가 없었다.

"앗!"

방심한 탓인지 나는 나뭇등걸을 발로 차고 한바탕 나뒹굴었다. 아빠가 잡아 주지 않았다면 가시넝쿨 속에 얼굴을 처박았을지도 몰랐다.

"조심 또 조심!"

아빠가 나를 일으켜 주었다.

"원래 여기는 이렇게 길이 없는 거예요?"

나는 나뭇가지에 찔린 옆구리를 문지르며 얼굴을 찡그렸다. 가시가 박혔는지 손바닥이 따끔거렸다. 하긴 이곳에서 4년을 보낸 아빠도 산이 익숙해 보이지 않았다. 여기는 길이 아예 없는 것이었다.

"길이라도 내지 그랬어요. 어떻게 만날 이렇게 다녀요."

아빠가 걱정이었다. 아니, 내가 걱정이었다. 이대로라면 아무런 연락 수단도 없는 아빠를 다시는 찾아올 수 없을지 몰랐다. 그렇다고 매번 무량사로 가서 스님에게 데려다 달라고 부탁을 할 수도 없는 일이었다.

"민철아, 길이란 내는 것이 아니라 이렇게 찾아야 되는 거다."

"……."

핑계가 아주 그럴듯하다. 아빠가 앞을 헤치던 동작을 멈추고 뒤로 후퇴했다. 그러더니 나뭇가지들이 빽빽한 옆을 뚫었다. 아빠가 그곳으로 길을 잡으리라고는 생각하지도 못한 일이었다. 나는 아빠의 뒤에 바짝 붙어 섰다. 아빠와 나를 통과시킨 나뭇가지들이 바로 뒤에서 소리를 내며 길을 지워 버렸다.

"원래 정해진 길이라는 것은 없는 거다. 특히 사람의 일은 더 그렇지."

아빠의 목소리가 깊었다. 나는 아빠 옆에 바짝 붙어 섰다. 뒤를 따르는 것보다 옆에서 길을 찾아 나가는 것이 한결 수월해서였다. 길 찾기에 집중할수록 내 머릿속에는 아빠가 말한 정해진 길과 찾는 길 두 가지 길이 서로 소리를 내며 부딪쳤다. 부딪치다가 어느 순간 찾는 길이 익숙해져 버렸다. 나는 지금 길을 찾는 중이니까 말이다.

드디어 무량사의 산신각 쪽으로 나왔다. 스님과는 해우소를 끼고 올라갔는데 아빠와 내려온 방향은 전혀 달랐다.

"지각 스님께 인사나 드리고 가자."

스님의 이름이 지각인가 보다.

"흡!"

내 입에서 웃음이 툭 터졌다.

"지, 지각! 흐흐흡, 크크크흡!"

입을 막았지만 웃음이 멈추지 않았다. 지각이라면 내 단골이다. 오죽하면 아이들이 나에게 '몰지각'이라는 별명을 붙여 주었겠나. 현재 내 별명은 침낭을 좋아한다고 해서 '별난 애벌레', 지각이 단골이라서 '몰지각' 이렇게 두 개다. 내가 지각 대장이라는 것은 아빠도 안다. 나의 지각하는 버릇은 초등학교 때부터 쭉 이어져 왔으니까.

"하하하하!"

아빠도 따라 웃었다. 아빠가 웃자 다른 사람처럼 보였다. 아빠도 내가 그런지 웃으면서 나를 자꾸 쳐다봤다.

"야, 그 지, 지각이 아냐. 알고 깨우친다는 뜻이지. 어떻게 네가 단골로 하는 지각과 훌륭하신 지각 스님의 법명이 같냐. 하하하."

이제야 진짜 아빠 같았다. 이대로 친해진다면 아빠는 내가 왜 뜬금없이 아빠를 찾아왔는지 물을지도 몰랐다. 나도 그 먼 밤길을 달려 아빠에게 온 이유를 말할 수 있을 테고 말이다. 세 시간 남짓 아빠와 같이 있었지만 아빠나 나나 서로의 속마음을 숨긴 채 겉핥기만 하고 있었던 셈이다.

"아이구, 부자지간에 보기 좋습니다그려. 내 흉을 그렇게 보니 좋습디까?"

지각 스님이 산신각에서 나오며 말했다. 지각 스님이 산신각에 있었다는 사실을 아빠나 나나 까맣게 몰랐다.

"우리 민철이가 알아주는 지각 대장입니다. 하하하."

아빠가 나를 손가락으로 가리키며 말했다.

"내 지각이 바로 그 지각입니다. 나도 항상 늦는걸요, 뭘. 허허허."

스님이 유쾌하게 농담으로 받았다.

"멧돼지에게 물린 아버지를 구해 준 것도 나고, 길 잃은 아들을 구해 준 것도 나고……. 나는 부자에게 크디큰 공덕을 쌓았는데 부자는 나에게 뭘 해 줄 텐가?"

스님이 나를 똑바로 쳐다보며 물었다. 멧돼지에게 물린 아빠를 구해 준 사람이 바로 스님이었다. 그래서 스님이 새벽에 길잡이로 나서면서 업보라고 한 것이었다.

"나무관세음보살!"

아빠가 먼저 합장을 했다.

"나무관세음보살!"

나도 따라서 했다.

"하하하! 됐다, 다 됐다. 그것으로 충분하다."

스님이 몸을 돌려 대웅전 쪽으로 휘적휘적 걸어갔다. 나는 스님의 뒤에 대고 입 속으로 다시 한번 '나무관세음보살!' 하고 말했다. 그러자 가슴이 뜨거워졌다. 고마움도 고마움이지만 지금 나와 같은 나이, 열일곱에 중이 되었다는 스님의 말이 생각나서였다.

아빠와 나는 무량사 경내를 가로질러 일주문을 벗어났다. 일주문 밖이 버스 정류장이었다. 관광버스들이 주차장 쪽으로 꼬리를 물고 있었다. 이미 버스에서 내린 관광객들이 아빠와 나를 흘끔거리며 지나갔다. 풀덤불 같은 아빠의 모습 때문이었다.

"창피하지?"

아빠가 물었다.

"힘든 산도 헤치며 길을 찾았는데요, 뭘."

나는 괜찮다는 말을 그렇게 했다. 아빠가 그런 나의 어깨를 힘주어 잡았다 놓았다. 그 느낌이 어찌나 강한지 가슴까지 찌르르해졌다.

아빠와 나는 버스 정류장 의자에 나란히 앉았다. 다리에 감기는 바람이 제법 서늘했다. 머지않아 나뭇잎이 지고 가을이 깊어질 것이다. 산이 눈 속에 묻힐 것이다. 나는 백팩 속에 꽁꽁 말아 두었던 침낭을 꺼냈다. 기숙사를 나와 버렸으니 이제 내게는 침낭이 필요 없었다.

"이거 내가 쓰던 침낭인데 아빠 쓰세요. 아주 아늑해요."

나는 아빠가 들고 온 커다란 헝겊 가방을 열어 그 속에 침낭을 욱여넣으며 말했다.

"딱 내가 필요한 것인데 고맙다. 아빠가 원래 추위를 타잖냐."

아빠가 헝겊 가방에 코를 들이밀고 킁킁거렸다. 내 냄새가 날 것이다. 나는 아빠의 그 모습에 또 가슴이 울컥해져 버렸다.

"대신 이것은……."

아빠가 침낭으로 가득 채워진 헝겊 가방 안쪽을 손으로 더듬어 종이 봉지를 꺼내 내 백팩에 넣었다. 내가 확인을 하려 하자 아빠가 백팩을 가슴에 끌어안고 서둘러 지퍼를 채웠다.

"많지 않아. 아빠로서 너와 민지에게 해 줄 수 있는 것이 아직은 참 부족하다. 아빠가 산에서 약초를 캐서 번 돈이니 민지와 나눠서 좋은 약처럼 써 줬으면 좋겠다."

돈이라는 얘기였다. 그것도 현금일 것이다. 좋은 약처럼 쓰라는 말이 아니었다면 나는 당장 백팩에서 종이 봉지를 꺼냈을 것이다. 그래도 자꾸 내 손이 백팩으로 가려 했다.

"버스 온다! 타라."

아빠가 그것을 눈치채고 얼른 자리에서 일어나며 나를 일으켜 세웠다. 그리고 백팩을 들어 내 등에 메 주었다. 내가 올라타 자리도 잡기 전에 버스가 출발했다. 그사이 아빠의 모습이 쭉 뒤로 밀렸다. 나는 버스의 뒷자리로 가며 어떻게 하든 아빠에게 손이라도 한번 흔들어 주려고 했지만 늦었다. 아빠의 모습이 거짓말처럼 사라졌다.

덜컹거리며 시골길을 한 시간 넘게 달리던 버스가 시외버스 터미널에 멈췄다. 낮 12시 반이다. 지난밤 12시 반에 도착한 터미널에 오늘 낮 12시 반에 다시 온 것이다. 꼭 열두 시간 만이다. 버스 출발 시간까지는 아직 30분의 여유가 있었다.

"버스 안에서 휴대 전화 충전할 수 있어요?"

나는 매표소에서 버스표를 끊으며 물었다. 휴대 전화도 보조 배터리도 모조리 먹통이었다. 아빠와 함께 거친 산에서 길을 찾아 내려오고 나니 이상하게 걱정이 사라져 버렸다. 엄마나 커터칼과도 충분히 맞설 수 있겠다는 생각이 들었다.

"USB용 케이블이 있어야 할걸요?"

매표원이 말했다.

"아직 시간 있으니까 저기에서 사면 돼요."

내가 머뭇거리자 매표원이 친절하게 머리까지 쑥 내밀며 대합실 밖을 가리켰다. 대합실 밖은 온통 햇살이었다. 잠깐 눈에 잡혔던 풍경들이 햇살의 방해로 순식간에 까맣게 변했다.

"저기, 저 가게 말야."

내 뒤에 서 있던 여자가 대뜸 반말을 하며 나를 창 쪽으로 밀고 갔다. 그렇게 하자 바깥 풍경이 점점 선명해졌다. 휴대 전화 매장이 보였다.

"없으면 내 것 빌려 줄 수도 있어."

여자가 여전히 반말을 하더니 표를 끊으려는지 매표소로 갔다. 나는 대합실을 나와 휴대 전화 매장으로 가서 USB용 케이블을 샀다. 그래도 시간이 남아 매장 의자에 앉았다. 등에 멘 백팩이 의자 등받이에 걸려 넘어질 뻔했다. 나는 백팩을 벗어 무릎 위에 놓았다. 문득 아빠가 넣어 준 종이 봉지가 생각났다.

'헉!'

백팩 속에서 종이 봉지를 살짝 열다가 나는 멈칫했다. 종이 봉지 안에는 5만 원권 지폐가 가득했다. 부피로 보아 3백만 원쯤이다. 나는 누가 볼세라 얼른 백팩의 지퍼를 올리고 주위를 두리번거리며 가슴 쪽으로 돌려 멨다. 도둑질을 한 것도 아닌데 이상하게 가슴이 두근거렸다.

나는 가방을 꼭 끌어안고 버스에 올라탔다.

"샀어?"

그 여자다. USB용 케이블을 말하는 것이다. 나는 긴장하며 백팩을 다시 끌어안았다. 틀림없이 여자가 돈 냄새를 맡은 듯했다.

"야, 작업 거는 것 아냐. 봐, 내 자리가 바로 여기야. 7C 맞지?"

여자가 내 코앞에 버스표를 들이밀며 옆자리에 털썩 앉았다. 7C 라면 내가 7D니까 내 옆자리가 맞다. 매표소에서 표를 살 때 바로 뒤에 있더니 그사이 내 좌석번호를 알아채고 일부러 옆자리를 끊어서 달라붙은 것이 분명했다.

"너, 말 못 해?"

여자가 아예 몸까지 돌려 나를 쏘아봤다. 여전히 반말이었다.

"나, 알아요?"

덩치로 보면 내가 배는 넘는다. 힘으로 한다면 문제될 것이 없었다. 나는 몸 부피를 있는 대로 넓히며 되물었다.

"너, 고딩이지? 몇 학년이야? 1학년 맞지?"

"……."

"나, 3학년이야. 어디서 어린 것이 까불어. 누나가 물으면 냉큼 냉큼 대답을 할 것이지 말야."

막무가내였다. 여자는 주먹까지 쥐어 내 코앞에 대고 흔들었다. 그래도 고등학교 3학년이라는 말에 다소 안심은 되었다. 나는 창 쪽으로 몸을 붙여 여자와의 거리를 좀 떨어뜨렸다. 그러자 여자의 얼굴을 자세히 볼 수 있었다.

미운 얼굴은 아니었다. 머리를 밝은 갈색으로 염색하긴 했지만 불량스러워 보이지 않았다. 머릿속으로 여자에게 교복을 입혀 보니 고등학교 3학년으로 보였다.

"이거 써!"

여자가 핸드백에서 USB용 케이블을 꺼냈다. 그러더니 내 쪽으로 몸을 숙여 엎드리는 자세로 의자 등받이 USB 포트에 케이블을 꽂았다. 다행히 백팩을 안고 있어 여자의 몸이 가슴에 닿지 않았다.

"야, 무슨 돈 가방이라도 되냐? 이것 좀 치워!"

몸을 세우던 여자가 백팩을 잡고 흔들어 댔다. 가슴이 뜨끔했다.

"나는 이게 편한데요."

나는 백팩을 더 감싸 안았다.

"왜 그렇게 가방에 집착하냐? 하긴 나도 가방을 끌어안고 있어야 편하긴 해."

여자도 선반에 올렸던 작은 에코백을 내려 가슴에 안았다. 나는 보조 주머니에서 휴대 전화를 꺼내 케이블을 연결했다. 휴대 전화의 램프가 반짝거렸다. 그사이 여자가 이어폰을 꺼내 귀에 꽂았다. 음악 소리가 작게 흘렀다. 음악 소리를 듣자 졸음이 살살 밀려왔다. 고속도로에 들어선 버스가 안정적인 진동으로 달렸다. 잠에 빠지기 딱 좋은 느낌이었다.

"너. 전화 좀 이리 줘 봐."

기를 쓰고 한 시간쯤 졸음을 버텼을 거다. 갑자기 여자가 이어폰을 빼더니 나에게 손을 내밀었다. 내 휴대 전화를 달라는 것이었다. 마침 내가 휴대 전화의 패턴을 풀어 초기 화면을 띄우던 참이었다. 휴대 전화가 50퍼센트 충전되어 있었다.

내가 머뭇거리자 여자가 내 휴대 전화를 채뜨려 갔다. 여자의 손놀림이 빨랐다. 잘해야 3초다.

"내 번호 저장해 뒀으니까 연락해. 내 이름은 오여주야."

여자가 휴대 전화를 돌려주었다.

"성과 이름이 특이해 안 잊어버릴 거지? 나 이래 봬도 엘리트야. 지금 무진산전에 특채되어 가는 거야. 아직 인턴이지만 말야. 호홋!"

무진산전이라면 대기업이다. 순우 형의 말대로라면 집중강화반에서 커터칼에게 100대를 맞아야 갈 수 있다는 대기업이다. 집중강화반에 벌써 무진산전을 목표로 삼은 아이들이 서넛이었다. 그중 한 아이가 기숙사에서 나올 때 내 짐 덩어리를 들어 주었던 우혁이였다. 목격한 바로 우혁이는 이미 커터칼에게 30대 정도는 맞았다.

"땡땡이치지 말고 공부 열심히 해. 이 누나처럼 좋은 회사에 취직하려면 말야. 척 보니 특성화 고딩?"

여자가 나를 뚫어지게 쳐다봤다.

"앞으로 70대는 더 맞아야 되네."

나도 모르게 혼잣말을 하고 말았다. 우혁이는 어제 한 대를 더 보탰을지 모른다. 겁 없이 내 짐을 들어 줬다는 이유였을 거다. 커터칼이라면 충분히 그러고도 남았다.

"뭔? 픽!"

여자가 실망한 듯 김빠지는 소리를 냈다. 그러거나 말거나 나는 다시 휴대 전화를 충전하려고 케이블을 연결했다. 드륵드륵 소리를 내며 몇 개의 문자 알림이 들어왔지만 무시해 버렸다. 적어도 80퍼센트 이상 충전되어야 한다. 아니 100퍼센트 충전되도록 문자를 확인하지 않기로 결심했다. 물론 오는 전화도 모조리 무시할 것이다. 나는 휴대 전화의 착신음을 무음으로 돌려 버렸다.

6. 금 수저와 도금 수저

엄마와 나 그리고 커터칼의 삼자대면이다. 싫다고 버티고 버티다가 끌려왔다.

"저, 자퇴할 겁니다."

나는 처음부터 강하게 질렀다. 사실 자퇴까지 생각한 것은 아니었다. 집중강화반에서 나오는 것이 목적이었다. 엄마의 얼굴이 하얗게 질렸다. 커터칼도 당황한 듯했다.

"집중반에서 나가려는 이유가 뭔데? 내가 너한테 얼마나 더 잘해 줘."

엄마가 앞에 있어서인지 커터칼이 참을 수 있는 만큼 참으며 물었다. 나오려는 이유? 커터칼이 그렇게 묻는다는 것이 웃긴 일이다. 커터칼이 나에게 다른 아이들보다 잘해 주는 것, 관대하다는 것은 나도 인정하는 사실이다. 커터칼이 관대라고 여기는 그것은 내게는 수치였고 조롱이었다. 시시때때로 나를 쳐다보며 입꼬리를 비틀며 피식거리지 않았던가.

"그럼요. 선생님이 잘해 주신 것 알지요. 그러니까 이번 일은 제발 덮어 두고 다시 한번 기회를 주세요."

내가 걱정했던 일이 터졌다. 엄마가 커터칼에게 머리를 조아리며 쩔쩔매기 시작했다. 역시 커터칼이 그런 엄마를 보며 입꼬리를 비틀기 시작했다. 이어 타이어 바람 빠지는 듯한 커터칼 특유의 비웃음이 새어 나왔다.

나는 구역질이 나면서 기분이 팍 상했다.

"엄마, 그럴 필요 없어요. 저 정말 학교 때려치운다니까요?"

나는 음식점이 떠나가도록 소리를 질렀다. 이 순간만큼은 진심이었다. 엄마는 뒤로 넘어가기 직전이었다.

"너, 정말?"

엄마가 참지 못하고 자리에서 벌떡 일어났다. 엄마도 커터칼을 의식해 참을 만큼 참고 있었다. 아니면 이전에 두 시간 동안 나를 들볶아 대느라 기운이 빠져 있든지 말이다.

"보세요. 얘가 이런데 제가 어떡합니까. 솔직히 저도 피해자입니다. 제가 저 좋자고 집중강화반에 매달리겠습니까? 다 저희들 잘되게 하려고 그러는 것 아닙니까."

커터칼이 입에 침도 안 바르고 거짓말을 했다.

커터칼이 집중강화반에 매달리는 것은 온전히 자신을 위해서였다. 집중강화반을 맡으면 수당이 월급만큼 된다는 것이다. 그리고 취업률에 따라 학교 재단으로부터 많은 혜택을 받을 수 있다는 것은 아이들 모두 아는 사실이었다.

"야, 커터칼 '도금 수저'잖냐. 살려고 그렇게 버둥대는데 우리가 좀 도와주자. 불쌍한 '막 수저'끼리 서로 돕고 사는 거지 뭐."

같은 집중강화반 성준이의 농담이 바로 진담이다.

커터칼은 수학 선생이다. 지방대를 나왔고, 수학을 전공한 것이 아니라 부전공했다는 것이었다. 교직 과목을 이수해 교사 자격증은 있어도 임용고시를 통과하지 못했단다. 재단 이사장의 먼 친척인 부인과 결혼을 하는 바람에 어쩌다 인기 없는 수학을 맡게 되었다는 아주 슬픈 스토리였다.

반대로 우리 담임은 달랐다. 재단 이사장의 아들이면서 임용고시까지 보란 듯이 합격했다. 처음에는 다른 공립 학교에서 근무를 하다 아버지인 재단 이사장이 모셔오다시피 데려왔다는 소문이었다. 그래서 아이들은 만날 동동거리는 커터칼을 '도금 수저'라고 불렀고 항상 느긋한 우리 담임을 '금 수저'라고 불렀다.

마침내 기세등등해진 커터칼이 무딘 칼날을 부러뜨리고 새 칼날을 들이댔다.

"어머님, 민철이는 아예 가망 없습니다. 데리고 가세요."

커터칼의 새 칼날은 나를 실망시키지 않고 예리했다. 나야 번번이 당해서 괜찮지만 그 칼날이 엄마의 마지막 자존심에 치명적인 상처를 주었다. 나는 부서지도록 움켜쥐는 엄마의 주먹을 똑똑히 보았다. 살갗을 찢고 핏줄과 뼈가 튀어나올 정도였다.

"그, 그런가요?"

주먹을 떨고 있어서인지 엄마의 목소리도 떨렸다. 그 떨림은 삽시간에 엄마의 온몸으로 퍼졌다. 몸을 비스듬하게 기울였던 커터칼이 분위기를 눈치채고 긴장하며 자세를 바로 했다.

"우리 민철이가 싸움질을 하던가요? 담배를 피우고 술을 마시던가요? 학교를 안 가고 나쁜 짓을 하던가요? 선생님에게 대들던가요?"

커터칼이 제대로 걸렸다. 엄마는 화가 극대화되면 오히려 침착해진다. 그리고 상대방에게 대답할 틈을 주지 않고 질문을 쏟아 낸다. 어쩌면 커터칼의 새 칼날보다 더 예리할 것이다.

"그, 그건 아니지만."

커터칼이 당황했다.

"가망 없다는 말, 선생님이면 함부로 하는 것이 아니에요. 그것도 당사자 아이를 앞에 두고서요. 그리고 아무리 막돼먹은 비행 청소년이라고 하더라도……."

엄마가 잠시 말을 끊었다.

"저는 민철이를 비행 청소년이라고 하지 않았습니다."

그 틈에 눈치 빠른 커터칼이 해명을 하려 했다.

"부모를 앞에 두고 자식에 대한 말을 그렇게 잔인하게 하는 것이 아니에요. 선생님도 자식을 키워 보면 알 거예요."

"……."

커터칼이 입을 꾹 다물었다. 마침 음식이 나왔지만 엄마가 자리를 털고 일어섰다. 나도 따라서 일어섰다. 엄마는 계산대로 가 먹지도 않은 음식값을 지불했다.

"민철이 너, 엄마 사무실에 가 있어. 엄마는 바람 좀 쐬고 들어갈 테니. 절대 집에는 들어가지 마. 민지 공부 방해되니까."

엄마가 나를 거리에 세워 두고 승용차를 끌고 떠났다. 승용차의 브레이크등이 자주 켜졌다 꺼졌다. 엄마의 마음이 진정되지 않았다는 뜻이다. 나도 커터칼과 다시 만날까 봐 얼른 자리를 떴다.

엄마의 사무실 앞에 당도했을 때다.

부우, 부우!

휴대 전화가 몸을 떨었다. 커터칼이었다. 수신 거절을 할까 하다가 그냥 놔두었다. 엄마의 사무실에 들어서자 다시 커터칼에게 전화가 걸려 왔다. 어차피 학교를 그만둘 것이 아니라면 커터칼과는 깔끔하게 정리하는 편이 나을 것 같았다.

"네!"

나는 짧게 말했다.

"야, 고민철, 이 자식!"

대뜸 커터칼이 욕을 해 댔다.

"욕하지 마세요. 녹음 중입니다."

나는 담담하게 말했다. 거짓말이었다. 커터칼의 거친 숨소리가 전화기를 통해 전해졌다.

"제가 집중강화반 자격이 없다는 것 선생님이 아시잖아요. 그래서 나오겠다는데 왜 그러세요."

맞다. 나는 집중강화반 자격이 없다. 나는 우리 반 20명 중, 언제나 15등 이하였다. 집중강화반은 한 반에 네다섯 명, 성적이 우수한 아이들만 뽑아서 만든 반이다. 그것도 커터칼이 마음에 드는 아이들만 골랐다.

"이제 시작인데 너 왜 그래."

녹음 중이라는 말을 의식해서인지 커터칼의 목소리가 부드러워졌다. 커터칼의 말처럼 시작은 아니다. 3년 동안 집중강화반 생활이 전체 20개월 남짓일 텐데 7개월을 보냈으면 3분의 1이 지난 거였다. 7개월 동안 집중강화반에 들어가 내가 익힌 것이라고는 책상에 엎드리지 않고 표시 나지 않게 지능적으로 조는 방법이었다. 그것도 눈을 뜬 채로 말이다.

사실 집중강화반이라고 해서 특별히 별도 수업을 하는 것은 아니었다. 정규 수업 시간에 배운 과목을 복습하거나 선행 학습을 하거나였다. 어떤 아이들은 미리 자격증 시험공부를 했다.

문제는 시험이었다. 커터칼은 25명 아이들 개개인마다 꼭 사수해야 할 등수 마지노선을 정해 주었다. 그 등수에 못 미치면 떨어진 등수만큼 매를 맞았다. 커터칼은 아이들과 민주적으로 합의한 사항이라 주장했다. 그 주장을 정당화시키려는 듯 서약서까지 받아 놓고 말이다. 나는 그 서약서를 끝끝내 작성하지 않았다.

거기에 커터칼은 집중강화반 아이들 모두를 기숙사에 몰아넣고 마음대로 주물러 댔다. 지금은 3학년 집중강화반이 기숙사에서 빠져나가서 좀 헐렁하지만 마치 영화에서나 보았던 포로수용소와 같은 환경이었다. 내가 침낭 잠버릇이 생긴 이유도 바로 거기에 있었다.

"특성화 고등학교 학생들 공부, 거기서 거기야. 누가 얼마나 열심히 하느냐 하는 거지."

커터칼이 순우 형이 했던 말을 그대로 했다. 똑같은 말이라도 커터칼에게 들으니 굉장히 자존심이 상했다. 커터칼의 머릿속에 있는 우리들의 존재는 아무리 해도 '거기서 거기'였다. 곧 별 볼일 없다는 말이다.

"저는 자퇴할 겁니다."

나는 다시 한번 커터칼에게 확인시켜 주고 전화를 끊었다. 집중강화반에 절대로 돌아가지 않겠다는 다짐이기도 했다.

"멍청한 놈!"

우혁이를 두고 한 말이다. 나의 기숙사 탈출 사건은 엉뚱한 곳에서 발설되었다. 생각지도 않았던 우혁이 때문이었다. 시키지도 않았는데 순진한 녀석이 내가 쓰던 이불을 보통이로 꾸려 학교와 가까운 엄마의 사무실로 들고 간 것이었다. 이후, 엄마는 커터칼에게 전화를 해 약속을 잡았고 그사이 나를 사무실로 호출하여 숨 쉴 틈 없이 닦달했다. 다행히 순우 형은 아직 엄마의 더듬이에 걸리지 않았다.

"민철이 너, 어젯밤 어디에서 뭘 했어."

엄마가 사무실로 돌아와 다시 취조를 시작했다.

"……."

"엄마 죽는 것 보려고 이러는 거야?"

묵비권이 이렇게 좋은 권리인 줄 처음 알았다. 자신에게 불리한 진술은 하지 않을 수 있다. 특히 아빠에게 불리한 진술은 더 했다. 아마 기숙사를 나와 결석을 하고 아빠를 찾아갔다고 하면 엄마는 더 난리를 칠 것이다.

"어째 그렇게 하는 짓이 네 아빠하고 똑같냐. 당장 나가!"

엄마가 지쳐서 소파에 주저앉으며 힘없이 말했다. 엄마의 입에서 아빠 소리가 튀어나와 흠칫했지만 잘 넘겼다.

엄마가 나가란다고 여기서 나가면 안 된다. 솔직히 나가도 문제 될 것이 없었다. 내 백팩 속에는 3백만 원이라는 어마어마한 현금이 있다. 적어도 석 달 간은 버틸 수 있는 돈이었다. 아빠가 민지와 나눠서 좋은 약처럼 쓰라고 했지만…….

'이기적인 년!'

나는 다시 민지를 향해 욕을 했다. 민지는 그럴듯한 구실을 대며 깔끔하게 나를 집에서 쫓아내고 그것도 모자라 순우 형에게 떠넘겼다. 이후 민지는 자신에게 피해라 생각하고 나에 대한 생각을 아예 털어 버린 것이다. 하여간 공부 잘하는 것들은 다 이렇다. 노숙자에게 줄망정 민지에게 절대 돈을 나눠 줄 마음이 없었다.

나는 엄마의 사무용 의자에 앉아 꼼짝하지 않았다. 집중강화반에서 집중적으로 연마한 눈 뜨고 졸기 기술이 슬슬 발휘되려고 했다. 의자가 푹신하고 머리 받침이 있어 편안하고 한결 수월했다.

"학교 그만두고 뭘 하려고 하는지⋯⋯. 그렇다고 검정고시를 볼 실력도 안 되고⋯⋯. 시키는 대로 착실하게 학교를 다니기만 하면 좋을 텐데⋯⋯."

엄마가 혼잣소리로 중얼거렸다. 온몸의 힘이 완전히 방전된 상태였다.

비로소 희망이 조금 보였다. 이대로라면 자퇴라는 극약 처방을 빌미로 집중강화반에서 빠져나올 수 있을 것 같았다. 그러나 아직 엄마에게 협상 카드를 내밀기는 일렀다.

"검정고시 학원 다닐 거예요."

나는 생각 없이 말을 해 놓고 아차! 했다. 검정고시, 이것도 시험이다. 학원에 다닐 마음도 없을뿐더러 검정고시에 합격할 자신도 없었다. 만약 엄마가 그러라고 한다면 큰일이었다.

"휘휴!"

엄마가 나를 한번 힐끗 쳐다보고 땅이 꺼지도록 한숨을 쉬었다.

어림없다는 뜻이었다. 그때 엄마의 휴대 전화가 울렸다. 엄마가 수신 번호를 확인하고 비스듬하던 몸을 바짝 세우며 조용히 하라고 입에 손가락을 세웠다.

"얘가 안 하던 전화를 다 하고 웬일이지?"

엄마가 긴장을 했다.

"흠! 크흠!"

엄마가 전화를 받기 전 우선 목을 다듬었다.

"응, 우리 따아알! 웬일이야?"

민지의 전화다. 엄마의 목소리에서 꿀이 뚝뚝 떨어졌다.

"그럼, 아무 일 없지 무슨 일이 있겠어. 시험공부는 잘되는 거지?"

엄마가 나를 흘끔흘끔 쳐다보며 민지와 통화를 했다. 여차하면 손짓으로 파리를 쫓듯 나를 사무실 밖으로 내보낼지도 몰랐다.

"민철이야 당연히 기숙사에 잘 있겠지."

갑자기 내 이름이 튀어나왔다. 정말 웃긴다. 민지는 민지대로 엄마가 알까 봐 슬쩍 떠보는 중이고 엄마는 엄마대로 민지가 알까 봐 물으려는 것이었다. 엄마는 내가 아빠와 똑같다 하지만 민지야말로 엄마와 똑같았다.

"그래? 그럼 엄마가 태우러 가야지. 잠깐 기다려?"

전화를 끊고 엄마가 서둘렀다. 민지가 학원으로 태우러 오란 듯했다. 곧 엄마와 민지가 만날 텐데 아주 볼 만할 거다. 서로 속고속이고…….

"너는 꼼짝 말고 여기 있어. 절대 나가면 안 돼!"

엄마는 밖에서 사무실 문이라도 잠글 기세였다. 어쩌면 오늘 나는 엄마의 사무실에서 잠을 자야 될지도 몰랐다. 그것도 뭐 그리 나쁘지 않을 듯했다.

이럴 때 드론파이터가 필요한 거다. 그러나 잃어버렸다고 해도 문제될 것이 없었다. 머릿속으로 그리는 시뮬레이션 비행으로도 충분했다.

일단 아무도 없는 엄마의 사무실, 화분과 책상 그리고 에어컨 사이로 길을 뚫어 보는 거다. 고난도의 비행 기술이 필요하겠지만 일단 해 볼 만했다. 나는 시작 지점으로 가서 조종기를 쥔 듯 손을 앞으로 모았다. 그리고 두 손의 엄지를 조종 레버로 삼았다. 먼저 두 개의 버튼을 눌러 조종기와 기체를 페어링시켰다.

띠리링.

가상의 기체에서 신호가 왔다. 비행할 준비가 되었다는 것이다.

위이잉.

왼쪽 레버를 상승 스로틀로 밀자 본체의 플롭이 회전하기 시작했다. 이륙이다. 본체가 어깨 높이만큼 상승하면 호버링을 유지하며 오른쪽 러더를 밀어 45도 정도 회전시킨다. 그리고 오른쪽 레버를 전진 엘리베이터로 올려 무사히 관음죽 화분을 피했다.

그러나 문제는 책상과 소파 사이의 공간이다. 정상적인 배치라면 문제가 없는데 엄마가 서둘러 나가느라 소파를 뒤로 밀었기 때문이다.

우당탕!

추락이다.

"에이!"

나는 앞으로 모았던 두 손을 아무렇게나 휙 뿌렸다. 당장 드론파이터를 사야겠다. 나는 현금 3백만 원을 가진 부자였다. 이번에는 좀 더 높은 버전을 사도 괜찮을 듯했다. 이미지 센서나 자이로 센서가 갖춰진 것으로 말이다.

나는 엄마의 컴퓨터를 켜고 허겁지겁 드론을 검색하기 시작했다. 드론은 이런 날 날리는 거다. 반딧불이처럼 LED 조명을 환하게 켜고 밤하늘을 누비는 거다.

문득 산에서 보았던 참매의 비행이 떠올랐다. 아빠의 팔을 박차고 날아올라 나뭇가지 사이를 미끄러지듯 통과하던 고난도의 비행기술 말이다. 그런 기술을 구사하려면 연습용 드론파이터로는 어림없었다. 적어도 인스파이어 정도는 되어야 했다.

인스파이어는 정말 멋졌다. 온갖 센서가 갖춰져 기능이 무궁무진했고 거기에 따라 조종자의 능력을 발휘할 수 있었다. 특히 랜딩기어가 있어 어디든 안정적으로 착륙할 수 있다는 것도 인스파이어의 큰 장점이었다.

침이 꿀꺽 넘어갔다. 이 정도라면 참매와 겨루어도 결코 뒤지지 않을 듯했다. 그런데 가격이 거의 3백만 원대였다. 만약 떨어뜨리기라도 한다면 폭삭 망하는 거다.

'에이, 참자 참아.'

나는 유혹을 떨쳐 버리기 위해 얼른 상품 창을 닫았다. 현재로서는 내가 갖고 있었던 드론파이터를 다시 구입하는 것이 적당했다.

7. 초경량 비행장치 조종자

사흘 결석을 하고 학교로 갔다. 영웅의 귀환이었다. 그사이 나에 대한 소문이 학교에 파다하게 퍼졌다. 아이들이 엄지를 척척 들며 나를 반겼다. 2, 3학년 선배들도 마찬가지였다.

커터칼이 절대 교주로 있는 집중교는 들어가기도 어렵지만 일단 들어가면 자의적으로 빠져나오는 것은 꿈도 꿀 수 없는 일이었다. 우리 학교에서 내가 최초일 것이다. 커터칼에게 미운털이 박혀 일방적으로 집중강화반에서 쫓겨난 아이들은 있지만 말이다.

"야, 그 깡다구 쓸 만하다. 우리 쪽으로 와라."

화장실에서 만난 2학년 형이 입맛을 다시며 접근했다. 인상이 참 더럽다. 그 형이 우리 쪽이라 부르는 무리는 '헐크파'라고 우선 생김새가 남달랐다. 자칭 헐크파는 열 명쯤인데 못생긴 것 하나로 기

피 대상들이었다. 일부러 그렇게 모으려 해도 모을 수 없는 환상의
조합이었다.

"나 그런 것 안 하거든요?"

내가 안 하는 것이 아니라 헐크파로 들어가기에는 자격이 안 되
는 거다. 나는 인물이 썩 빼어나진 않지만 어디에 내놔도 못생겼다
는 말을 듣지 않을 정도는 되었다. 커터칼이 인물값 한다고 할 정
도였으니까 말이다.

"그래?"

헐크파가 얼굴을 구기며 말했다. 더 못생겨 보였다. 헐크파가 입
술을 잔뜩 일그러뜨리며 나를 찬찬히 뜯어봤다.

"너는 안 되겠다."

그래도 양심은 있었다. 헐크파가 짝궁둥이를 거칠게 씰룩이며 화
장실에서 나갔다. 나는 손을 씻기 위해 세면대 거울 앞에 섰다. 오
늘따라 얼굴이 썩 괜찮았다. 나는 거울을 보며 혼자 씨익 웃었다.

"좋냐?"

어느새 우혁이가 화장실에 들어와 입을 삐죽거렸다.

"그게 말이냐? 당장 오늘 4시부터 시간이 팽팽 남아돌아 큰일이
다."

나는 물 묻은 손으로 우혁이의 나온 입을 톡 때리며 말했다. 수
업이 한 시간 남았다. 수업이 끝나면 우혁이는 곧바로 집중강화반
으로 갈 것이고 나는 하교를 한다. 이후 남아도는 시간을 어찌 쓸

지 아직 계획이 없었다.

"이제 눈치 보지 않고 드론이나 실컷 날리면 되겠네. 정말 좋겠다. 나도 한번 날려 보고 싶었는데 말야."

우혁이가 두 팔을 벌리며 하늘을 나는 시늉을 했다. 그런 우혁이에게 조금 미안했다. 내가 사고를 치지 않았더라면 드론파이터의 조종기를 한번쯤 우혁이에게 양보했을 거다. 그러겠다고 약속했었다.

"미안하다. 드론파이터를 잃어버렸어."

나는 사실대로 말했다. 그러면서 오늘 중으로 아빠가 준 돈으로 드론파이터를 한 대 사야겠다고 결심했다. 이미 그렇게 하기로 마음먹었는데 며칠 동안 엄마와 전쟁을 치르느라 잊고 있었다.

"됐어! 떨어뜨려 망가지면 나는 사 줄 돈도 없다. 너나 실컷 날려라."

우혁이는 내가 드론파이터를 빌려 주기 싫어서라고 여기는 듯했다. 고지식한 우혁이의 생각이 이쯤 되면 어떠한 해명도 먹히지 않는다. 눈앞에서 직접 새 드론파이터의 상자를 뜯어야 믿어 줄 것이다.

"민철이 너, 드론 국가 자격증이나 따 봐라. 시간도 많은데."

우혁이가 뜬금없이 말했다. 집중강화반 아이들 절반은 이미 기능사 자격증 하나씩은 땄다. 우혁이는 벌써 세 개를 땄다. 나는 자격증이 하나도 없었다. 솔직히 자격증 공부가 싫어서 아예 관심 밖이었다.

"초경량 비행장치 조종자라고 열네 살부터 딸 수 있다더라. 내가 갖고 있는 허접한 자격증보다 얼마나 좋냐. 교육비가 3백만 원이나 들어 나는 꿈도 못 꾼다."

우혁이가 시무룩하게 말했다. 우혁이에게서 들은 '초경량 비행장치 조종자'라는 자격증은 이름부터가 뭔가 있어 보이고 근사했다. 특히 교육비가 3백만 원이라는 소리에 귀가 번쩍했다. 우혁이의 말 대로 아무나 딸 수 없는 것이었다.

수업 시작 종이 울렸다. 깜짝 놀란 우혁이가 바지 지퍼를 올리면서 급히 화장실을 뛰쳐나갔다. 반대로 나는 끌리듯이 화장실 빈칸으로 들어가 휴대 전화로 '초경량 비행장치 조종자'를 검색했다. 위치 정보를 켜 놓은 덕에 가장 가까운 드론 교육원이 검색되었다.

홈페이지에 접속하자 교육 일정과 필기시험, 실기시험 안내가 자세히 되어 있었다. 나는 홈페이지를 샅샅이 훑어 나갔다.

갑자기 아빠의 얼굴과 목소리가 떠올랐다.

'좋은 약처럼 써 줬으면 좋겠다.'

아빠가 돈 봉지를 백팩에 넣어 주면서 한 말이다. 민지와 나누라는 단서가 있었지만 그 문제는 전혀 신경 쓸 일이 아니었다. 절대 나누지 않을 것이라고 결심을 굳힌 상태였다.

'좋은 약처럼 써 줬으면 좋겠다.'

다시 한번 아빠의 말이 떠올랐다. 3백만 원을 '초경량 비행장치 조종자' 교육비에 쓰라는 뜻으로 들렸다. 확실했다.

문제는 교육 기간이었다. 단기 교육은 2주간 합숙이었다. 교육원은 그 기간 동안 집중적인 교육을 통해 필기시험, 실기시험까지 마쳐 '초경량 비행장치 조종자' 국가 자격증을 따게 해 준다고 확신했다.

홈페이지 갤러리 메뉴를 열자 다양한 연령층의 교육생들이 드론을 날리고 있었다. 그중에는 중학생인 듯한 여자아이의 모습도 보였다. 조종기를 든 여자아이의 모습이 참 멋졌다. 나는 가슴이 두근거려 숨이 가빠졌다. 공부나 시험을 앞두고 이런 느낌이 든 것은 태어나서 처음이었다.

그러나 방학도 아닌데 2주 합숙은 현실적으로 어렵다. 그렇다면 비합숙으로 교육을 받아야 한다. 비합숙일 경우 최소한 두 달 이상은 걸린다. 비행 연습이 20시간 이상이 되어야 실기시험을 볼 자격이 주어진다는 것이었다.

그래도 포기하고 싶지 않았다. 나의 머리가 드론의 플롭처럼 힘차게 돌기 시작했다. 드론 교육원까지 버스를 타면 한 시간 거리다. 4시에 수업이 끝나 열심히 가면 넉넉하게 6시면 도착할 수 있다. 그 생각을 하자 마음이 바빠지기 시작했다.

"고민철! 놀다 보니 더 놀고 싶냐? 조금만 참아라. 너 때문에 오늘은 종례 없이 일찍 마쳐 준다."

마지막 시간은 담임의 영어 과목이었다. 교실 뒷문을 살며시 밀고 들어서다 담임과 눈이 딱 마주쳤다. 역시 담임은 금 수저라서 달랐다. 이렇게 사소한 일에는 목숨을 걸지 않고 상대방에게 목숨을 걸라고도 안 한다. 커터칼이라면 벌써 푸지게 욕이 날아왔을 것이다.

"와아!"

아이들이 책상을 두드리며 좋아했다. 우혁이, 성준이, 만기와 종수만 얼굴이 어두웠다. 내가 빠지고 집중강화반에 남은 우리 반 아이들이었다.

나는 아이들이 교실에서 다 빠져나갈 때까지 복도에서 서성였다.

"너, 갈 데 없지? 오늘은 바람이 불어 드론도 못 날리겠다."

제일 나중에 교실에서 나온 우혁이가 운동장가의 플라타너스를 바라보며 말했다. 바람이 플라타너스의 넓은 잎들을 하얗게 뒤집고 있었다. 우혁이는 내가 붙잡으면 한 30분 정도 같이 놀아 주려는 듯했다.

"됐어. 금 수저, 아니 담임과 의논할 일이 있어."

나는 플라타너스 잎을 뒤집듯 우혁이를 와락 떠밀어 보냈다. 담임은 아이들이 교실에서 빠져나가자 영어 방송을 틀었다. 영어 선생이긴 해도 담임의 영어에 대한 집착은 특별했다. 그렇게 방송을 듣지 않으면 시대에 맞는 영어를 구사할 수 없다나 뭐라나. 우리 학교에서 시대에 맞는 영어를 배우고 싶어 하는 아이는 한 명도 없을 텐데 말이다. 담임의 그런 여유도 금 수저니까 가능한 일처럼 보였고 부러운 마음까지 들었다.

"야, 고민철! 너, 시간 많다고 물귀신처럼 나 잡을 생각 마라. 보다시피 나 이렇게 바쁘다."

담임이 텔레비전 화면에서 눈을 떼지 않으며 말했다. 화면에는 뉴스 앵커가 기관총을 쏘듯 영어를 쏟아 내고 있었다. 얼마나 기다렸을까. 파트 뉴스로 넘어가는지 잠시 화면에 틈이 생겼다. 나는 재빨리 앵커의 자리를 가로채 영어를 듣던 담임의 귀에 내 말을 꽂았다.

"선생님, 저 초경량 비행장치 조종자 자격증 따고 싶어요."

마음이 급하니 말이 꼬였다. 그래도 좀 근사하게 보이려고 드론 자격증의 공식 명칭을 댔다.

"고민철! 넌 안 그래도 이 정도면 충분히 불량스럽고 비행스러워. 그런데 뭔 비행 청소년 자격증이냐."

담임이 농담으로 받았다.

"초경량 비행장치 조종자라고요."

나는 다시 한번 또박또박 말했다.

"그래, 비행 청소년 자격증!"

담임은 여전히 농담으로 받아쳤다. 어찌 되었건 일단 분위기가 좋았다. 잘하면 자격증 교육을 받는다며 한 시간 정도 일찍 학교에서 빠져나갈 수 있을지도 몰랐다.

비합숙일 경우 이론이야 책을 받아서 하면 되지만 실습은 오후

5시가 마지막 시간이었다. 거기에 동절기에는 날이 금세 어두워져 실습 시간이 앞당겨진다는 것이었다.

"드론 국가 자격증을 따려고요."

나는 고급스러워지기를 스스로 포기하고 쉽게 말했다. 대신 '국가'라는 단어에 힘을 팍 주었다.

"드론이라고? 날리는 거 말야?"

그제야 담임이 텔레비전 화면에서 눈을 떼고 나를 쳐다봤다.

"드론 자격증을 '초경량 비행장치 조종자 자격증'이라고 하나? 야, 뭔가 근사해 보인다."

담임은 나보다도 더 정확하게 자격증의 공식 명칭을 댔다. 안 듣는 척하면서도 다 듣고 있었나 보다.

"야, 이거 괜찮은데? 멋진데?"

뜻밖에도 담임이 호기심을 보였다. 담임은 텔레비전을 끄고 휴대 전화로 열심히 검색을 하기 시작했다. 내가 그랬듯 '초경량 비행장치 조종자'를 검색하는 듯했다.

"이거 정말 하고 싶냐?"

담임이 물었다.

"네, 꼭 자격증을 따고 싶어요."

나는 말이 떨어지기 무섭게 대답했다. 내 두 손은 어느새 앞으로 모아져 드론파이터의 조종기를 조작하듯 재빠르게 움직였다.

"민철이 네가 이렇게 뭘 하고 싶어 하는 것은 처음인데?"

담임이 놀란 듯했다. 담임의 말이 정확하다. 공부든 놀이든 운동이든 나는 하고 싶어서 한 것이 하나도 없었다. 마지못해 끌려가듯이 했다.

17년이나 같이 산 엄마도 담임처럼 이렇게 나를 정확하게 보진 못했다. 엄마는 그냥 하기 싫어도 해야 된다고 말해 왔을 뿐이고, 나는 하기 싫어도 어쩔 수 없이 해야 했다. 그런데 담임은 단 몇 개월 만에 나를 알아본 것이다.

"사람은 한 가지씩 자신만의 달란트를 가지고 태어난다고 하더라. 자기가 하고 싶어 하는 것에는 분명히 재능이 있다는 거야. 노력도 중요하지만 일단 재능이 있다면 더 좋지."

담임이 진지하게 말했다. 맞다. 비유가 좀 억지스럽기는 해도 그것이 금 수저와 도금 수저의 차이다. 일단 밑바탕이 있다면 한결 쉬운 것이다. 재수 없게 도금 수저인 커터칼의 모습이 떠오르려고 해 머리를 흔들어 털어냈다.

"그래서 하는 말인데요."

나는 슬슬 본론으로 들어갔다. 교육을 받을 동안만 하루에 한 시간씩 수업을 빼 달라고 할 생각이었다. 아직 동절기가 아니라서 실습 시간 변동 알림은 없었다.

"여기 보니까 다른 아이들은 학교에서 체험학습으로 인정받아 자격증을 땄는데?"

담임이 먼저 놀라운 사실을 알려 주었다.

"정말요?"

머릿속에 불이 팍 들어오는 듯한 느낌이었다. 담임은 홈페이지에서 합격 후기를 보고 있었다. 나는 아직 거기까지 훑어보지 못했다.

"우, 우리 학교도 가가가, 가능해요?"

나도 모르게 목소리가 떨려 말을 더듬었다.

"야, 일반 중학교 여자애도 체험 학습으로 뺐는데 특성화 고등학교인 우리 학교로서는 발 벗고 권장할 일이지."

담임이 자신했다.

"선생님, 고맙습니다. 고맙습니다."

나도 모르게 담임을 향해 넙죽넙죽 절을 했다.

"학교 일은 내가 어떻게 설득해 보겠지만 네 어머니가 허락해 주시겠냐? 체험 학습으로 빼려면 부모님 동의서가 필요한데 말야."

담임도 엄마를 잘 안다. 급식 검수 위원에 학교 폭력 위원에 운영회 이사에……. 학교에 연관된 일로 엄마가 차지한 자리만 해도 다섯이었다. 그 자리 때문에 커터칼이 나를 잘라내는 데 망설인 것이었다. 엄마도 엄마대로 그 자리를 등에 업고 커터칼에게 한 번 더 기회를 달라고 당당하게 말했던 것이고 말이다.

"아빠 동의서는 안 돼요?"

질문을 하고도 내가 바보 같다고 느꼈지만 그만큼 절박해서였다. 순간적으로 아빠에게 가서 정말 동의서를 받아 올까 생각도

했다.

"아무튼 엄마 동의서를 받도록 해. 교육비도 꽤 비싼데."

담임도 엄마의 자리를 의식한 것이고 3백만 원이라는 교육비가 걱정인 듯했다. 담임이 방향을 잡아 주지 않았더라면 나는 아빠에게 달려가려고 마음을 굳혔을지도 몰랐다. 만약 그렇게 된다면 아직 무사한 아빠의 서식지가 폭탄을 맞을 것은 빤한 일이었다.

"네, 받도록 하겠습니다. 감사합니다."

나는 다시 한번 담임에게 코가 땅에 닿게 인사를 하고 교실을 나왔다.

어젯밤까지 엄마와의 줄다리기는 팽팽했다. 나는 끝까지 자퇴를 하겠다고 고집을 부렸고 엄마는 그렇게 커터칼에게 당하고도 집중 강화반에 미련을 버리지 못했다.

"이런 분위기에서 어떻게 공부를 해. 나 집 나가 버릴 거야."

민지가 파르르 성깔을 부리며 끼어들지 않았다면 오늘까지도 그 상태였을 것이다. 밤 12시가 될 즈음 엄마가 먼저 협상을 요구해 왔다.

나는 집중강화반에 다시는 돌아가지 않는다는 조건으로 학교에 복귀했다. 당장은 아니라도 엄마의 요구는 학교 끝나고 영어나 수학 학원을 가는 것으로 마무리되었다. 벌써 엄마는 학원을 물색하고 있을지도 몰랐다.

학교를 나와 엄마의 사무실 주위를 배회했다. 기회를 봐서 엄마에게 말을 해야 해서다. 아무래도 집에서 하는 것보다 나을 듯싶었다.

그렇게 두 시간을 보냈을 거다. 순우 형에게서 전화가 왔다. 엄마가 방금 순우 형에게 우리 집에 들어와 살 수 없냐는 요구를 했다는 거다. 역시 우리 엄마답다. 한 달에 두 번 진로 멘토 과외로는 안 되겠다 싶었던 것이다. 순우 형을 입주 멘토로 삼아 나를 철저하게 압박하겠다는 뜻이다.

"그래서요?"

나는 놀라서 순우 형에게 물었다.

"좀 시간을 갖고 생각해 본다고 했어."

순우 형이 말했다. 망했다. 그러면 엄마에게 진 거다. 순우 형만 진 것이 아니라 나까지도 말이다.

"민철이 네가 좀 나를 싫다고 해 줄래? 걱정 말라고 큰소리를 쳤는데 민지 보기도 창피하고 말이다. 정말 부탁이다."

순우 형도 나와 같이 느낀 듯했다. 나는 눈앞이 캄캄해졌다. 체험 학습 동의서를 받기도 어려운데 순우 형의 일까지 겹쳐 머리가 터질 듯 부풀었다. 보나마나 엄마는 순우 형의 입주 멘토와 나의 체험 학습 동의서를 맞바꾸려 할 것이다. 직접적인 내 문제이기는 했지만 지금 상태로는 순우 형 문제를 일단 무시할 수밖에 없었다.

"형, 나도 힘들어요. 왜 싫다고 말 못 해요?"

나는 무를 자르듯 순우 형의 부탁을 거절했다. 순우 형에게는 미안하지만 어쩔 수 없었다. 나는 오늘 밤 안으로 체험 학습 동의서 문제를 꼭 해결해야 했다.

8. 그 여자 오여주

　엄마가 정장을 쫙 빼입고 사무실에서 나왔다. 멀리서 보니 전문가의 포스가 풍겼다. 우리 엄마지만 보기는 좋았다. 엄마가 저런 옷차림이라면 공인중개사가 아니라 커플 매니저다. 무슨 '사' 자가 붙은 남자와 여자를 소개시켜 주려고 일을 나가는 것이었다.

　오늘 엄마와 일찍 협상을 하기는 다 틀려 버렸다.

　문득 그 여자, 오여주가 생각났다. 아빠를 만나고 돌아오는 버스 안에서 일방적으로 내 휴대 전화에 연락처를 남긴 여자 말이다. 나에게도 엄마의 유전자가 있나 보다. 갑자기 여자와 순우 형을 소개시켜 주면 어떨까 그 생각이 들었다. 순우 형의 부탁을 들어주지 못한 미안함 때문이었다.

　남녀는 서로 환경이 비슷해야 된다고 했다. 커플 매니저로 업계에서 한창 이름을 날리고 있는 엄마의 말이었다. 둘 다 특성화 고등학교에서 모범생이었고 모두 부러워하는 교과서적인 진로를 가고 있다. 순우 형은 공기업 직원으로 여자는 대기업 인턴사원으로 말이다.

나는 휴대 전화의 연락처를 뒤져 여자의 이름을 검색했다.

"성과 이름이 특이해 안 잊어버릴 거지? …… 호홋!"

이렇게 말하던 여자의 말이 맞았다. '오' 자만 찍었는데도 금방 '오여주'라는 이름이 한꺼번에 떴다. 중간에 여자가 무슨 말인가를 더 했는데 생각이 나지 않고 마지막으로 웃음소리만 생각났다.

"호홋!"

다시 기억해 보니 여자의 웃음소리는 아주 특별했다. 마치 느끼한 고기를 먹고 나서 입가심으로 탁 깨문 박하사탕 맛처럼 말이다.

"화아!"

나는 진짜 박하사탕을 깨문 듯 입 안에 가득 들어 있던 것을 밖으로 뱉어 냈다. 그리고 통화 버튼을 누르고 재빨리 휴대 전화를 귀에 갖다 댔다. 첫 번째 신호가 가자마자 여자가 전화를 받았다.

"누구세요?"

나는 당황해 얼른 귀에서 휴대 전화를 뗐다. 여자는 일반적으로 전화를 받을 때 말하는 '여보세요'가 아니라 '누구세요?'라고 물었다. 그것도 특이했다. 내 이름을 알려 주지 않았으니 이름을 댈 수도 없었다.

"저, 저저, 저기요."

나는 심하게 말을 더듬었다.

"너지? 불량 특성. 호홋!"

또 반말이다. 여자가 먼저 알은척을 했다. 그리고 말끝에 그 특별한 웃음을 툭 터뜨렸다. 이번에는 박하 물을 들이부은 듯 귓속이 싸해졌다.

여자는 나를 보고 불량 특성이란다. 낱말 풀이를 해 보나 마나다. 불량한 특성화 고등학교 학생이라는 뜻일 거다. 버스 안에서 여자는 나에게 땡땡이치지 말고 공부 열심히 하라고 충고를 했었다.

"어딘데? 이 누나가 나갈게. 호홋!"

제발 웃음은 그만뒀으면 좋겠다. 여자의 웃음은 무슨 마취 성분과 최면 성분이 있는 듯했다. 자꾸 나를 혼란스럽게 했다. 나는 홀린 듯 눈앞에 보이는 소리공원 입구 세 번째 의자의 색상까지 자세히 설명해 주었다.

나는 여자와 만날 소리공원 입구 세 번째 의자로 걸어갔다. 가서 보니 의자는 눈살이 찌푸려질 정도로 어질러져 있었다. 찌그러진 바나나 우유 팩, 활짝 찢어진 감자칩 봉지, 얼룩진 초콜릿 껍질…… 거기에 흘리기는 얼마나 흘려 놓았는지 몰랐다. 가뜩이나 불량 특성이라고 놀림을 받는데 여자에게 범인으로 몰리고도 남을 것 같았다. 나는 마지못해 의자를 치우기 시작했다.

"아이구, 착하기도 해라."

반려견과 산책하는 할머니가 쓰레기를 치우는 나를 보고 칭찬을
했다.

"망망망!"

떨어진 감자칩을 향해 달려들던 강아지가 마구 짖었다. 나는 강
아지라면 질색이다. 어릴 때 한 번 물린 경험이 있어서다.

"뭘 짖어. 너도 오빠처럼 저렇게 예쁜 짓을 좀 해야지."

할머니가 강아지를 가볍게 핀잔했다. 강아지는 생김새부터 까칠
해 보였다. 할머니 속을 징글징글하게 썩일 듯했다. 강아지는 감자
칩에 미련을 못 버리고 몸부림을 쳐 댔다.

"더러워! 먹으면 큰일 나."

나는 강아지를 향해 아주 착한 목소리로 친절하게 말했다. 할머
니의 칭찬 때문이었다.

"아이구, 하는 짓도 예쁘고 마음도 곱네."

할머니의 칭찬이 다시 쏟아졌다. 나는 어쩔 수 없이 가방에서 물
티슈까지 꺼내 얼룩진 의자를 꼼꼼하게 닦았다.

공원 입구로 여자가 들어오고 있었다. 바람이 뛰어오는 여자의
머리카락을 플라타너스 잎인 양 마구 뒤집어 댔다. 그래서인지 여
자의 얼굴이 더 하얗게 보였다. 나는 의자에서 천천히 일어나 옷매
무새를 살폈다. 여자가 나에게 말도 안 되게 불량 특성이라고 했기
때문이다.

"교복을 입으니 모범 특성 같은데? 호홋!"

여자가 또 웃었다.

"특성화고가 무슨 자랑도 아니고……."

나는 우는 개구리처럼 두 볼을 잔뜩 부풀리며 투덜댔다.

"아이구, 이뻐! 이뻐!"

여자가 대뜸 그런 내 팔을 잡고 흔들어 댔다. 여자의 머리칼 냄새가 훅 풍겼다. 여자의 손에 잡힌 팔은 괜찮은데 얼굴 전체가 화끈거렸다. 그러더니 귀까지 뜨거워졌다.

"아아아! 놔 봐요."

나는 엄살을 부려 여자의 손을 털어냈다. 내 얼굴의 뜨거움을 여자가 알아챌까 봐서다. 여자와는 딱 한 번밖에 보지 않았고 이번이 두 번째였다. 엄마도 이렇게 친근하게 대하지 않았다. 나는 여자가 도저히 이해가 안 되었다.

"우리 순우 형 소개시켜 주려고요."

여자가 오해할까 봐 재빨리 용건을 말했다. 나도 이해가 안 가는 여자를 순우 형에게 소개해 준다는 거다. 그러면 정말 내가 나쁜 놈인 것이다.

"순우 형은 우리 학교 선배인데요. 지금 공기업 다니거든요? 야간 대학 가려고 공부하거든요. 성격도 얼마나 좋다고요. 우리 엄마가 아들처럼 생각한다고요. 나도 형처럼 생각하고요."

어쩔 수 없이 나는 나쁜 놈이 되기로 했다.

"그런 순우 형, 너나 가져. 나는 너를 가질게. 호홋!"

여자가 또 웃었다. 이번에는 내 머릿속에서 박하 풍선이 팡팡 터지는 듯했다.

"고민철, 내가 필요한 것은 순우 형이 아니라 너야. 알았지? 호홋!"

여자가 내 왼쪽 가슴에 붙은 이름표를 손가락으로 콕콕콕 찍어 대며 말했다. 여자의 손가락 찌름은 깊고 진했다. 내 가슴을 관통해 그 너머에 있는 어디까지 닿은 듯했다. 아니, 아직도 찔려 있는 듯 느껴졌다.

"진짜 왜 전화했어?"

여자가 물었다. 이번에는 나를 말끄러미 올려다보면서 말이다. 미치겠다. 눈도 예쁘고 코도 예쁘다. 바람이 살짝살짝 들추는 여자의 하얀 이마는 더 예뻤다.

당연히 순우 형을 소개시키기 위해서다. 그런데 이제 그럴 마음이 없었다. 여자와 순우 형은 결코 성격, 환경이 엇비슷한 사람들이 아닌 듯 여겨졌다. 나는 나도 모르게 자꾸 내 성격을 여자의 성격에 대 보고 있었다.

"그, 그냥요."

"그냥? 그럼 나를 좋아한다는 거네 뭐. 호홋!"

여자가 주저하지 않고 내 팔짱을 꼈다. 나보다 키가 작아 여자가 착 달라붙는 느낌이었다. 얼굴에서 맴돌던 뜨거움이 이번에는 팔을 달구었다. 내가 아무리 감추려 해도 여자가 그 뜨거움을 느낄 것 같았다.

"초경량 비행장치 조종자 국가 자격증을 따려고요. 학교에서는 체험 학습으로 돌려 줄 수 있다는데 엄마가 문제예요. 부모님 동의서가 있어야 하거든요."

나는 가급적 팔의 뜨거움을 의식하지 않으려고 말문을 열었다.

"와! 멋지다. 요즘 그게 뜬다던데?"

여자는 영리하기까지 했다. 단번에 내 말을 알아들었다.

"그런데 엄마가 허락해 줄지 모르겠어요."

내가 여자에게 왜 이러는지 모르겠다. 입에 힘이 풀리면서 말이 술술 터져 나오려고 했다. 이러다가는 엄마 얘기, 민지 얘기, 아빠 얘기까지 술술 풀어 버릴 듯했다.

"허락? 받으면 되지 뭘 걱정이야."

여자가 시원스럽게 말했다.

"그쵸?"

나도 기운이 났다. 여자는 나를 끌고 마약 떡볶잇집으로 갔다. 걱정이 생길 때는 매운 것을 먹어야 된단다. 땀을 쫙 흘리고 나면 걱정 끝이라는 거다.

나는 눈물, 콧물을 흘리고 재채기를 하며 매운 떡볶이 한 접시를 깨끗이 비웠다. 땀이 줄줄 흘러 온몸이 흠뻑 젖었다. 여자는 그런 나를 아이스크림 가게로 데리고 가 초코 아이스크림을 안겼다. 목 뒤가 뻐근해질 만큼 차디찬 아이스크림이었다.

"이제 시원하지?"

여자가 물었다. 나는 말이 떨어지기 무섭게 머리를 끄덕였다. 이제 여자가 어떤 이야기를 해도 앞뒤 안 가리고 머리부터 끄덕일 듯했다.

"벌써 시간이 이렇게 되었네?"

여자의 말에 나는 휴대 전화로 시간을 확인했다. 밤 10시 10분이다. 여자와는 거의 네 시간을 같이 있었다. 느낌으로는 겨우 한 시간 정도였다. 그사이 엄마가 전화를 했고 담임이 전화를 했다. 얼마나 집중했던지 무음으로 설정한 것도 아닌데 전화가 온 줄 몰랐다.

"좋은 소식 줄 거지? 호홋!"

여자가 또 웃었다. 그러더니 몸을 돌려 버스 정류장을 향해 걸어갔다. 만약 여자가 웃지 않았다면 나는 그 자리에 서 있었을 것이다. 웃었기 때문에 쫓아가 나란히 걸었다. 뒤에서 오토바이 소리가 들렸다. 나는 여자의 몸을 내 쪽으로 와락 당기며 길옆으로 피했다. 배달 오토바이가 아슬아슬하게 여자를 비켜 갔다.

"어쭈, 제법인데?"

여자가 그런 나를 향해 이가 하얗게 보이도록 웃었다. 여자의 칭찬에 공연히 어깨에 힘이 들어가고 가슴이 뿌듯해졌다.

"나는 남자가 여자 앞에서 먼저 등을 보이는 것은 정말 싫어. 그것만 조심하면 돼."

버스가 정류장으로 들어오자 여자가 말했다. 여자는 아주 힘든 말을 하는 듯 입술을 꼭 깨물었다. 여자가 그 말을 하지 않았어도 나는 버스가 눈에서 사라질 때까지 정류장에서 지켜보려고 했다. 여자를 태운 버스가 정류장을 떠났고, 나는 버스가 눈에서 사라졌지만 한참 동안 그 방향을 바라보고 서 있었다.

"어디를 그렇게 쏘다녀!"

집에 들어서자마자 엄마가 신경질적으로 소리쳤다. 민지가 아직 돌아오지 않았다는 증거였고, 어쩌면 커플 매니저 일이 꼬여 버렸다는 뜻이었다. 다행히 민지가 곧 돌아왔다.

"우리 민지, 오늘 시험은 잘 봤어?"

엄마의 목소리가 백팔십도로 달라졌다.

"응! 괜찮았어."

민지가 괜찮다고 하면 올백이다. 오늘 민지가 가장 어려워하는 국어 시험이 있다는 말을 들었다.

"역시, 엄마 딸이 맞아."

엄마가 민지를 덥석 끌어안고 어쩔 줄 몰라 했다. 완전 합체다.

"너, 연애하냐?"

엄마 품에서 빠져나온 민지가 물었다. 나는 영문을 몰라 머뭇거렸다.

"버스 정류장 쪽으로 가더라? 어떤 이상하게 생긴 여자애하고."

나는 가슴이 철렁했다. 여자와 가는 것을 민지가 본 모양이다.

"이상한 애 아니거든?"

나는 여자 편을 들었다.

"아니면? 학생이 머리가 노랗고 둘이 아주 껌딱지처럼 달라붙어서 가더라?"

민지는 여자가 학생인 줄 알았다.

"맞네, 맞아. 기가 막혀! 하다 하다 이제는 별짓을 다 한다."

엄마까지 합세를 하여 여자를 이상한 애로 몰았다. 그렇다고 여자에 대해 자세히 말할 수 없는 상황이었다.

"이상한 애 아니라니까?"

나는 소리를 버럭 질렀다. 내 고함 소리가 어찌나 큰지 집 안이 쩌렁 울렸다. 엄마와 민지가 눈을 동그랗게 떴다. 사실 소리를 쳐 놓고 나도 좀 놀랐다.

"……."

잠시 무거운 침묵이 흘렀다. 그 침묵 속에서도 나는 어떻게 하든 그 여자를 이상한 애에서 빼 주고 싶다는 생각을 했다. 사실이 아니니까 말이다.

"민철이, 너 여기 좀 앉아 봐."

엄마가 소파로 가서 앉으며 손으로 맞은편 소파를 가리켰다.

"괜히 시끄럽게 해서 공부 방해하지 마. 가만 안 있을 테니까."

민지가 미리 겁을 주고 방으로 들어갔다. 내가 망설이자 엄마가 턱짓으로 맞은편 소파를 또 가리켰다. 나는 소파를 향해 엉덩이를 먼저 날렸다.

"담임선생님한테 전화 받았는데 드론 배우고 싶다 했다면서?"

뜻밖이었다. 담임이 정말 고마웠다. 설마 나쁜 쪽으로 말했을 리 없었다.

"학교에서는 체험학습으로 빼 줄 수 있대. 그냥 동의서에 사인만 해 주면 돼요."

나는 두근거리는 가슴이 표시 날까 봐 다른 곳을 바라보며 관심이 없는 척 혼잣소리로 중얼거렸다.

"교육비도 내가 저축해 놓은 돈으로 할 거예요."

그리고 엄마가 다른 말을 하기 전에 얼른 덧붙였다.

초등학교 때부터 우체국에 저축을 해 왔다. 학교에서 의무적으로 하라고 해서다. 그래서 중학교 때까지 용돈이 생기면 습관처럼 집어넣은 돈이었다. 고등학교에 들어와서는 한 번도 하지 않았지만 대충 3백만 원쯤 된다.

미리 선수를 치는 바람에 엄마가 할 말이 없어진 듯했다. 아니면 저축을 깨서 내 돈으로 하겠다고 해서 감동을 먹었든지 말이다.

"뭐, 꼭 필요하다면 엄마가 내 줄 수도 있지."

엄마가 살짝 꼬리를 보였다.

"아뇨? 그냥 내 돈으로 할래요."

나는 얼른 엄마의 꼬리를 잡았다. 거짓말을 해서 아빠에게는 미안했다. 그렇다고 아빠가 준 돈으로 교육비를 낸다고 하면 끝장이다. 엄마는 아빠가 고작 3백만 원으로 민지와 나의 자녀 양육비를 퉁치려 한다고 푸지게 욕을 할 것이다.

"대신 이상한 여자애는 안 만나는 거지?"

엄마의 양보에는 다 이유가 있었다. 엄마는 민지로부터 여자 이야기를 듣는 순간 드론파이터의 플롭보다 더 빨리 머리를 돌린 것이었다.

"고맙습니다!"

내 입에서 인사가 터져 나왔다.

"알았어. 내일 당장 동의서 가져와. 사인해 줄게."

엄마가 승낙했다. 사실 내가 엄마의 주문이 떨어지기 무섭게 고맙다는 인사를 한 것은 여자한테다. 어떻게 귀신처럼 나의 걱정거리를 단번에 풀어 주느냐 말이다.

"호홋, 호홋!"

어디선가 그 여자 오여주가 웃는 듯했다. 나의 몸속에서 애드벌룬처럼 커다란 박하 풍선이 빵 터졌다.

"흐홋, 흐홋!"

참으려 했지만 내 입에서 웃음이 자꾸 튀어나왔다.

9. 오, 주여!

　- 오빠야. 엄마가 많이 아프다. 약이 비싸서 못 사 먹어서 그렇다. 나도 빨리 돈 벌고 싶다.

　우혁이 동생의 문자가 내 휴대 전화로 왔다. 휴대 전화가 없는 우혁이는 급한 연락처로 내 번호를 동생들에게 알려 주고 연락을 주고받았다.

　우혁이는 집중강화반에 들어온 것 자체가 자기에게는 사치라고 말했다. 정작 집중강화반에서 튀쳐나와야 될 사람은 내가 아니라 바로 우혁이었다. 우혁이는 수업이 끝나면 아르바이트를 해서라도 얼마간 돈을 벌어야 될 입장이었다.

　우혁이는 아빠가 사고로 돌아가시고 엄마도 건강이 나쁘다. 밑으로 중학교 1학년, 초등학교 6학년 동생이 있다. 문자를 보낸 동생은 초등학교 6학년인 여동생이었다. 여동생도 친구한테 휴대 전화를 빌려 문자를 보냈을 것이다. 문자 끝에 이우미라고 자기 이름을 썼다.

나는 가슴이 먹먹해 한참 동안 우혁이 여동생의 문자를 들여다보았다. 초등학교 6학년 아이의 목소리가 들리는 듯했다. 나는 주저하지 않고 드론 교육비 중 학생 할인을 받은 20만 원을 우혁이에게 주기로 마음먹었다. 우혁이 여동생에게 온 문자를 우혁이에게 보여 주지 않고 깨끗이 지운 후였다.

"엄마 약값이 없어서 걱정했는데 고마워. 다른 말 안 하고 일단 받을게. 흑!"

내가 돈을 내밀자 5만 원권 지폐 네 장을 확인한 우혁이가 손을 바르르 떨더니 참지 못하고 울음을 터뜨렸다.

"아, 그 새끼! 왜 울고 지랄이야."

20만 원이면 나에게도 아주 큰돈이다. 그렇다고 해도 그깟 돈 앞에서 전기 맞은 물고기처럼 몸을 떨어 대는 우혁이를 보자 화가 치밀어 올랐다. 슬픔이 짙으면 화가 난다는 것을 알았다.

"고, 고마워서 그렇지. 정말 고마워서 그렇지. 흑흑흑!"

우혁이가 울음을 그치지 않았다. 어깨까지 심하게 들썩이며 서럽게 울기 시작했다. 한 번도 보지 못한 우혁이의 모습이었다.

"아, 그 새끼 참……. 흑!"

나는 우혁이를 위로하려고 끌어안다가 참지 못하고 같이 울어 버리고 말았다. 오히려 그것이 어설픈 위로보다 편하고 자연스러웠다.

"흑흑, 흐흐흑!"

"흑흑흑!"

우혁이와 나는 서로 경쟁이라도 하듯 울 수 있을 만큼 진탕 울었다. 울고 났더니 그래도 좀 화가 풀렸다.

"민철아, 정말 잊지 않을게. 꼭 갚을게."

갑자기 우혁이가 서둘렀다. 이번 주는 두 번째 주라서 집중강화반 휴일 수업이 없다. 만약 내가 돈을 주지 않았더라면 어땠을까? 토요일이지만 우혁이는 집에 갈 생각도 못 했을 테고 집에 갔어도 마음이 몹시 불편했을 것이다. 약도 못 사 먹고 아파하는 엄마를 보게 될 테니까 말이다.

"이건 가다가 배고프면 짜장면이라도 사 먹어. 굶고 다니지 말고 이 자식아!"

나는 주머니를 홀랑 털어 우혁이의 손에 쥐여 주었다. 실컷 울고 났더니 이상하게 배가 고파서였다. 같이 울었으니 우혁이도 나와 같을 듯했다.

"으응, 그럴게. 꼭 사 먹을게."

원래 착하기도 하지만 우혁이가 착한 아이처럼 머리를 마구 끄덕였다. 그 바람에 우혁이의 눈 속에 가득 차 있던 눈물이 밖으로 밀려 나와 볼을 타고 흘렀다.

"나도 담 주, 다다음 주까지 드론 교육 잘 받고 올게."

나도 눈을 깜박여 눈 속에 남아 있던 눈물을 말끔하게 바깥으로 밀어냈다.

"꼭 드론 자격증 따 가지고 와야 해. 떨어지면 나한테 죽을 줄 알아."

우혁이가 내 턱 밑에 주먹을 들이밀어 쳐 올리는 시늉을 냈다. 아직도 가슴이 답답해 시원하게 한 대 맞고 싶었다. 짐을 챙기러 기숙사로 뛰어가는 우혁이의 어깨가 좀 펴진 듯했다. 우혁이의 어깨는 항상 안으로 오그라들어 있었다.

오늘따라 아빠가 무척 보고 싶었다. 아빠 덕분이었다. 내가 당당하게 드론 교육비를 낸 것도 그렇고 엄마의 약값에 쓰라며 우혁이에게 20만 원을 준 것도 그렇다. 아빠의 부탁처럼 아빠가 준 돈을 아주 좋은 약처럼 쓴 것이 틀림없었다. 이야기를 들으면 아빠도 크게 기뻐할 듯했다.

일요일 오후다. 나는 입을 옷 몇 벌과 속옷 그리고 세면도구를 꼼꼼하게 챙겼다. 매주마다 기숙사 짐을 챙겨 봐서 중형 캐리어로 충분했다. 혹시 몰라 백팩을 멨지만 특별히 담아 갈 물건은 없었다. 엄마가 드론 교육원까지 승용차로 태워다 준다고 했지만 사양했다. 이번 일은 엄마에게 눈곱만큼도 신세 지고 싶지 않아서였다.

"카드에 돈 좀 넣어 놨으니까 필요할 때 써. 뭐 먹고 싶은 거 있으면 사 먹고."

엄마가 말했다. 마음 같아서는 카드까지 집에 놓고 가고 싶었다.

"그리고 혹시라도 이상한 여자애 만날 생각이라면 꿈도 꾸지 말고."

엄마가 또 확인을 했다. 여자가 절대 이상한 애가 아니라는 말이 목구멍까지 치받아 올랐지만 억지로 꿀꺽 삼켰다. 그 바람에 나는 지독한 사레가 들려 눈물이 쏙 빠지도록 기침을 해 댔다.

엄마가 경비실까지 따라 나오려는 것을 막았다.

"기숙사 가나?"

경비 아저씨가 안경 너머로 나를 보며 물었다. 경비 아저씨는 자리에서 일어나면서 나에게 몇 마디 더 말을 시키려고 했다. 나는 그냥 머리만 끄덕하고 얼른 아파트를 빠져나왔다.

엄마의 실수였다. 엄마가 만나지 말라고 하지만 않았어도 나는 여자에게 전화할 생각을 못 했을 것이다. 버스 정류장에 서서 나는 여자의 전화번호를 검색했다. 역시 '오' 자만 찍었는데도 금방 '오여주'라는 이름이 한꺼번에 떴다.

"호홋! 민철이구나? 내가 생각해 봤는데 너는 이름을 딱 한 자만 바꾸면 돼. 고민철을 고강철로 말야."

여자가 전화를 받자마자 미리 준비하고 있었다는 듯 경쾌하게 말했다. 잔뜩 가라앉았던 마음이 가벼워졌다.

"왜요?"

내가 물었다.

"왜긴, 고민철 하면 어쩐지 고민이 많은 불량 특성 같잖아. 고강철 하면 단단하고 멋진 모범 특성 같고 말야. 그러니까 네 이름에서 '민' 자를 '강' 자로 바꾸자. 호홋!"

기발하고 기분 좋은 이름 풀이였다.

"흐홋!"

나도 웃었다. 여자의 순발력은 미사일 수준이었다.

"어? 너 웃은 거야? 웃었지?"

여자가 내 웃음소리를 들었나 보다. 그리 놀랄 일이 아니다. 내 웃음은 바로 여자가 찾아 준 것이었다. 여자가 골치 아팠던 체험학습 동의서 문제를 아주 통쾌하게 해결해 준 후부터였다. 그때부터 틈만 나면 이렇게 미친 것처럼 웃음이 튀어나왔다.

"그럼 여주는 여자 주인공이라는 거지요?"

말을 해 놓고 보니 아주 근사했다. 나도 여자의 순발력을 어느 정도 따라잡은 것이다.

"호홋! 어머 어머 어머!"

여자가 감동한 모양이었다. 나도 대단히 만족스러웠다.

"이제부터 너를 강철이라고 부를게. 알았지?"

여자가 말했다. 반대할 이유가 하나도 없었다.

"좋아요. 흐홋!"

이제 내가 아주 미쳤나 보다. 여자 앞에서 이러면 안 되는데 자꾸 웃음이 터져 나왔다.

"저 지금 드론 교육원에 가요. 담 주, 다담 주까지 교육받아요."

나는 자랑스럽게 말했다. 엊그제 여자가 헤어지면서 좋은 소식을 전해 달라고 말했다. 그동안 몇 번이나 그 말을 기억하면서도 망설이기만 하다가 전화를 걸지 못했다.

"정말? 와, 우리 강철이 멋지다. 지금 어디야?"

여자가 '우리 강철이'란다. 어느 순간 드론파이터가 상승 비행을 하듯 내 몸이 붕 떠올랐다.

"버스 정류장요. 시외버스 터미널로 갈 거예요. 엄마가 태워다 준다고 했는데 그냥 버스 타고 가려고요. 버스 타면 한 시간 반 정도 걸리거든요. 6시까지만 들어가면 돼요."

또 내 입에 힘이 풀렸다. 말 없기로 소문 난 내가 여자 앞에서는 수다쟁이가 되어 버렸다.

"그럼 내가 빨리 시외버스 터미널로 갈게."

여자가 전화를 뚝 끊었다.

시내버스를 타면 시외버스 터미널까지 잘해야 15분 거리다. 여자가 아무리 서두른다 해도 나보다 먼저 올 리가 없었다. 나는 시내버스 안에 빈자리가 있는데도 앉지 않고 동동거렸다. 시외버스 터미널에 도착하니 다행히 아직 여자가 오지 않았다.

드론 교육원까지 가는 시외버스 시간을 보니 30분 남았다. 일단 버스표를 끊었다. 그 뒤에 출발하는 버스를 탄다면 기숙사에 들어가기로 한 6시가 훌쩍 넘을 것이다. 나는 마음이 급해졌다. 시간이 점점 흘러 15분 남았다.

나는 참지 못하고 여자에게 전화를 걸었다. 신호가 간다 싶었는데 마침 여자가 휴대 전화를 귀에 붙이며 대합실 입구로 뛰어 들어왔다.

"여기요!"

"야, 고강철!"

나와 여자가 동시에 손을 번쩍 들고 서로를 향해 소리쳤다. 그러고 보니 여자에 대한 호칭이 없었다. 이름을 부르기도 그렇고 또 누나라고 부르기에는 어쩐지 몸이 오글거렸다. 비록 4분 차이이긴 하지만 누나일 수밖에 없는 민지에게조차 한 번도 누나라고 불러본 적이 없었다.

헐레벌떡 뛰어온 여자가 나와 마주 서더니 덥석 내 손을 잡고 흔들었다. 숨이 차는지 여자의 몸 전체가 오르락내리락했다. 아마 손이 자유로웠다면 여자의 어깨를 감싸 기댈 수 있게 해 주었을 것이었다.

"금방 버스 타야 되거든요?"

디지털시계가 빨갛게 눈을 부릅뜨고 버스 출발 시간을 알리고 있었다.

"그렇지? 잠깐 기다려."

여자가 편의점으로 뛰어가 비닐봉지 가득 무엇인가 사 들고 와 내 손에 쥐여 주었다.

"가다가 먹어. 그리고 잘했어. 아주 잘했어."

내가 타고 갈 버스 앞까지 가는 동안 여자가 열심히 내 등을 두
드려 댔다.

"꼭 합격해서 자격증 가져오는 거다? 알았지?"

그걸 말이라고 하나. 여자의 말에 나는 기다렸다는 듯 머리를 끄
덕였다. 다른 승객이 우리 뒤에 붙어서 더 이상 머뭇거릴 수 없었
다. 나는 버스에 올라 얼른 지정 자리에 앉았다. 버스의 출입문과
반대쪽이었다. 다행히 여자가 나를 놓치지 않고 내가 앉은 쪽 바깥
으로 이미 돌아와 있었다. 나는 버스의 환기창을 열었다. 큰 유리
창 밑에 나 있는 버스의 환기창은 아주 작고 좁았다.

"고강철, 손 좀 내밀어 봐."

키가 닿지 않는지 여자가 폴짝 뛰며 말했다. 그러지 않아도 너무
아쉬워 손을 내밀어 여자의 손을 잡아 보고 싶었다. 내가 손을 내
밀자 곧바로 여자의 손이 간당간당하게 닿았다. 내가 몸을 창 쪽으
로 밀착하자 넉넉하게 서로의 손가락이 겹쳐졌다.

여자의 손가락이 애벌레처럼 꼼지락거렸다. 나도 손가락을 열심
히 꼼지락거렸다. 그사이 버스가 출발하려는지 붕붕거렸다.

"빵!"

심술궂은 버스 기사가 그런 우리를 본 듯했다. 버스 기사는 버스
를 폭발시킬 듯 경음기를 울렸다.

"나는 뭐라고 불러요?"

환기창에 입을 대고 내가 여자에게 물었다.

"나?"

여자가 되물었다.

"네."

버스가 천천히 움직였다. 여자도 따라왔다.

"여주라고 부르기 어려우면 거꾸로 해서 그냥 '주여!'라고 불러. 알았지? 호홋!"

과연 여자다웠다. 여자가 종교 의식을 하듯 한 손을 높이 올리며 그렇게 말했다. 여자의 성을 붙여 부르면 '오주여!'다.

"푸홋! 풉풉풉."

나는 웃음이 터져 배를 움켜쥐느라 여자를 놓치고 말았다. 주여! 주여! 주여! 나는 입 속으로 그렇게 뇌며 눈물이 쏙 빠지도록 한참 동안 키득거렸다. 너무 웃음이 나와 차마 여자의 성까지 붙여 부를 수 없었다.

이제 걱정할 필요가 없었다. 버스가 터미널을 빠져나와 정상 속도를 낼 때쯤 나는 휴대 전화 연락처에서 오여주를 찾아내 이름을 바꿔 저장했다. 당연히 '오주여'인데 그 끝에 느낌표까지 추가했다.

오주여! 이제부터 내가 부를 여자의 이름은 '주여!'다.

"참 좋을 때야. 아까 그 여자, 여자 친구 맞지?"

옆자리에 앉은 아줌마가 활짝 웃으며 물었다.

"그, 그건 아니고요. 그냥요."

아줌마가 처음부터 끝까지 다 지켜봤을 것이다.

"여자 친구가 참 예쁘네. 명랑하기도 하고. 이때 많이 만나고 많이 아껴 주고 많이 생각해. 나중엔 이렇게 하고 싶어도 못 해."

갑자기 참견하는데도 아줌마에게 거부감이 들지 않는 것은 여자, 아니 주여를 예쁘다고 말해서일 거다. 주여라는 이름을 떠올리자 또 웃음이 터지려고 해서 입술을 꽉 깨물었다.

나는 주여가 손에 쥐여 준 비닐봉지를 열었다. 바나나 우유 두 개와 감자칩 두 봉지와 초콜릿 두 개였다. 지난번 소리공원 의자 주변에 쓰레기로 어질러졌던 것들과 품목이 똑같았다. 주여는 내가 좋아해서 먹었다고 여긴 것이다. 얼른 쓰레기를 치우길 잘했다는 생각이 들었다.

"이것 하나 드실래요?"

나는 봉지에서 바나나 우유를 꺼내 옆자리 아줌마에게 내밀었다.

"내가 먹어도 돼? 여자 친구가 혼자 먹으라고 사 줬을 텐데."

아줌마가 싫다는 소리는 안 했다. 나는 바나나 우유 한 개를 더 꺼내 보였다. 그제야 아줌마가 바나나 우유를 받았다.

"고맙게 잘 먹을게. 둘이 예쁘게 사랑을 해서 바나나 우유도 맛있을 것 같아."

아줌마가 바나나 우유에 빨대를 꽂았다. 그러더니 한 모금 쪽 들이켰다. 나도 아줌마처럼 바나나 우유에 빨대를 꽂았다.

"자, 우리 건배할까?"

아줌마가 바나나 우유를 서로 부딪치자고 내밀었다. 나도 얼른 거기에 바나나 우유를 부딪쳤다.

"예쁜 사랑이 영원하기를!"

아줌마의 입에서 바나나 향이 팍 터졌다. 아줌마가 바나나 우윳값을 제대로 했다. 건배사가 아주 마음에 들었다. 나는 얼굴이 화끈 달아올라 얼른 빨대를 입에 물었다. 빨대를 통해 올라오는 바나나 우유 맛은 환상적이었다. 다디단 맛이 핏줄을 타고 온몸으로 도는 듯했다.

그때 휴대 전화가 진동을 했다. 화면에 '오주여!'라고 떴다. 나는 그 '오주여!'라는 글자가 너무 신기해 한참 동안 전화를 받지 않았다. 금방이라도 주여가 한 손을 번쩍 들고 나타날 것만 같았다.

"호호호!"

아줌마가 웃음을 터뜨렸다. 아줌마도 내 휴대 전화 화면에 뜬 글자를 본 것이다.

"여자 친구는 정말 행복하겠다. 자기를 이렇게 예수님처럼 여기는 멋진 남자 친구가 있어서 말야. 호호호!"

10. 위험한 동거인들

하늘 높은 줄 모르고 붕붕 떠오르던 기분이 드론 교육원 입교 절차를 마치자 서서히 무거워지기 시작했다. 이것은 하강 비행도 아니고 비상 착륙도 아니고 분명한 추락의 조짐이다.

"야, 너 여긴 뭐 하러 왔어?"

배정을 받은 기숙사에 들어서자 험상궂게 생긴 남자가 소리를 버럭 질렀다. 징그러운 코브라 문신이 남자의 팔뚝을 휘감고 있었다. 얼핏 마주친 문신 코브라의 눈과 이빨이 섬뜩했다. 거기에 나를 쏘아보는 남자의 눈에서 푸른빛이 쏟아졌다. 드론 교육원에 뭐하러 왔느냐고 물으면 나는 어떻게 대답해야 할까.

"드, 드드……."

나는 달리 할 말이 없어 드론 교육을 받으러 왔다고 대답하려고 했다. 그러나 겁에 질려 드론이라는 말도 못 하고 제일 구석진 곳에 있는 침대 쪽으로 파고들었다. 기숙사 방은 4인용인 듯했다. 침대 네 개가 병원 침대처럼 나란히 놓여 있었다.

"어서 와. 반갑다."

그래도 내 옆 침대에 누워 있던 아저씨가 몸을 일으키며 부드러운 목소리로 맞아 주었다. 그러나 이 아저씨도 예사롭지 않았다. 아저씨는 광대뼈가 툭 불거져 살갗을 찢고 나올 듯 말라 있었고, 좀처럼 나이를 가늠하기 어려웠다. 얼굴에 핏기라고는 찾아볼 수 없어 마치 하얀 종이 인형처럼 싸늘해 보였다.

"이건 과대광고의 폐해야. 드론이 전망 좋다고 떠벌리니까 개나 소나 다 모여들지. 이 좁아터진 곳에 또 사람을 집어넣으면 어떡하겠다는 거야? 여기가 무슨 돼지우리도 아니고 말야."

팔뚝문신이 인상을 쓰며 투덜거렸다. 팔뚝문신의 말대로라면 졸지에 아저씨와 내가 개가 되고 소가 된 것이었다. 기분이 몹시 나빴지만 어쩔 수 없었다.

"거, 말도 더럽게 하네. 싫으면 나가면 되지."

아저씨가 파르르 성깔을 돋웠다. 힘으로야 팔뚝문신을 당하지 못할 테지만 성깔은 팔뚝문신보다 더 센 듯했다. 분위기로 보아 내가 방에 들어오기 전 아저씨와 팔뚝문신이 한바탕한 것 같았다.

"신경 쓸 거 없다. 지랄을 하건 말건 한 귀로 듣고 한 귀로 흘려라."

아저씨가 다시 침대에 누우며 말했다. 나는 가슴을 조이며 침대 머리맡에 있는 사물함에 짐을 정리했다. 너무 긴장을 한 탓인지 파우치가 열리면서 세면도구들이 바닥에 와장창 쏟아졌다.

"참, 가지가지 한다. 어린놈이 조심성도 없고."

아저씨의 성깔에 주춤하던 팔뚝문신이 건수를 잡았다는 듯 만만한 나를 향해 훅 치고 들어왔다. 거기에 욕까지 한다.

"그 어린놈은 그래도 양반이네. 다른 어린놈은 싸가지 없이 대들기까지 하는데."

아저씨가 팔뚝문신을 빗대 씹어뱉듯이 빈정거렸다. 가슴이 좀 후련해졌다.

"뭐얏! 이 양반이 보자 보자 하니까."

마침내 팔뚝문신이 폭발했다. 팔뚝문신은 힘자랑이라도 하듯 비어 있는 침대 모서리를 잡고 거칠게 흔들어 댔다.

쾅쾅쾅!

침대가 부서질 듯 바닥에 부딪치며 소리를 냈다.

"지랄한다. 그런다고 내가 겁먹을 줄 아냐? 내가 이래 봬도 저승 문턱을 넘었다 살아 돌아온 놈이야. 저승사자도 나를 포기했단 말이다. 네까짓 불량배 놈들 알기를 우습게 안다고."

팔뚝문신의 거친 횡포에 아저씨는 눈 하나 깜짝 안 했다. 저승사자의 모습이 어떻게 생겼느냐고 묻는다면 바로 아저씨를 가리키면 될 듯했다. 아저씨에게서 찬바람이 씽씽 일었다.

"아후, 미치고 팔딱 뛰겠네."

팔뚝문신이 그 팔뚝으로 자기의 가슴을 쾅쾅 때리며 어쩔 줄 몰라 했다.

"씨발! 방을 바꿔 달라고 해야지 도저히 같이 못 있어."

팔뚝문신이 입에 거품을 물더니 문을 박차고 나갔다.

"나도 바라던 바다. 제발 그렇게 좀 해라."

아저씨가 끝까지 팔뚝문신과 대적했다.

나는 눈앞이 깜깜해지면서 온몸의 힘이 쭉 빠졌다. 단기 합숙 교육의 정원이 열다섯 명이다. 처음 내가 알아봤을 때 이미 마감이 된 상태였는데 결원이 하나 생겨 어렵게 들어온 자리였다. 우리 방에 남은 침대는 내일 아침 입교한다는 딱 한 사람 몫이었다. 그렇다면 정원이 다 차서 다른 방에 들어갈 자리가 없다는 것이었다.

"하루 이틀도 아니고 깡패 같은 자식하고 어떻게 같은 방을 써. 이 자식아, 네가 안 나가면 내가 나간다."

아저씨도 나일론 끈처럼 질기고 질기다.

정작 방을 나가고 싶은 사람은 나다. 팔뚝문신도 그렇지만 아저씨와 한방을 쓴다고 생각하니 지옥이 따로 없었다. 홈페이지 갤러리에서 보았던 드론 교육원 수강생들의 모습은 이렇지 않았다. 한결같이 멋지고 해맑은 모습들이었다.

"왜, 불편하냐?"

내가 안절부절못하자 아저씨가 물었다.

"그, 그런 것은 아니지만요."

"저런 자식 신경 쓸 거 없다. 어디를 가든 저런 자식은 꼭 하나씩 끼어 있으니까. 우리가 재수가 없어 저런 자식하고 한방을 쓰는 거지 뭐."

아저씨는 팔뚝문신에 대해 전혀 개의치 않는 듯했다.

"저런 자식은 드론을 배울 자격이 없다. 누구는 죽기 전에 꼭 해 보고 싶어서 목숨을 걸고 왔는데, 무슨 깡패 짓을 하러 온 것도 아니고……. 찌질이 같은 놈!"

아저씨가 혼잣소리처럼 중얼거렸다. 아저씨의 숨소리가 좀 힘겨워 보였다. 곧 잠이 들었는지 가늘게 코 고는 소리가 들렸다. 나는 나머지 짐을 사물함에 정리하고 살그머니 방을 빠져나왔다.

달리 할 일도 없었고 갈 곳도 마땅치 않았다. 이럴 줄 알았으면 내일 아침에 들어올 걸 그랬다. 드론 교육원은 벌판처럼 넓은 공터에 덩그러니 지어져 있었고 주변에 인가도 없이 한적했다. 버스 정류장까지 셔틀버스를 운행해 다행이지 그마저도 없다면 오도 가도 못할 외딴곳이었다. 학교에 다니면서 비합숙 교육을 받기에는 우선 교통편이 없었고, 생각했던 시간으로는 도저히 가능성이 없는 일이었다. 일단 단기 합숙 교육으로 돌린 것은 잘한 일이었다.

위이잉! 우우웅!

어디선가 드론이 비행하는 소리가 들렸다. 나는 교육장 건물과 기숙사 건물을 벗어나 소리를 따라갔다. 막 어둑해지는 하늘에 드론 한 대가 자유롭게 선회 비행을 하고 있었다. 드론파이터처럼 본체에 LED 조명은 없지만 가끔씩 점등되는 기체의 불빛 신호로 드론의 위치가 확인되었다.

드론이 점점 어둠에 먹혀 크기가 가늠되지 않았다. 불빛의 움직임으로 속도를 감지해 보니 굉장한 빠르기였다. 일부러 그리 조종을 하는지 드론은 일정 높이를 유지한 채 비행하고 있었다. 아마 실습 교관이 연습 비행을 하는 중인 듯했다.

"교육 들어왔어요?"

여자 목소리가 들렸다. 아저씨와 팔뚝문신이 싸우던 소리가 머리에 남아 마음이 어둠처럼 짓눌려 있던 터였다. 일단 상냥한 목소리라서 반가웠다.

"학생 같네?"

여자가 물었다. 얼굴과 몸에서 차분하다는 인상이 물씬 풍겼다. 나는 여자를 향해 머리를 끄덕했다.

"고등학생?"

여자가 다시 물었다.

"네!"

나는 짤막하게 대답했다.

"반가워요. 내일부터 담임을 맡게 될 실습 교관이야."

여자가 손을 내밀어 악수를 청했다.

"안녕하세요!"

나는 얼른 자세를 바로 해서 공손하게 인사를 했다. 팔뚝문신과 아저씨로 인해서 무겁던 마음이 순식간에 가벼워지는 느낌이었다. 더군다나 선생님이 여자란다. 어쩐지 빛이 보이는 듯했다.

"그래요. 반가워요."

여자가 마주 잡은 손을 흔들어 주었다. 그사이 어둠 속을 날던 드론이 멀지 않은 곳에 착륙했다. 이어 한 남자가 드론 기체를 들고 천천히 걸어왔다.

"이제 길이 잘 들어 최고인데요? 모든 센서들도 정상이고요. 이번 교육생의 실습에 투입하면 될 것 같습니다."

남자가 조종기를 여자에게 넘겨주며 말했다. 드론은 생각 외로 컸다. 내가 가지고 놀던 드론파이터에 비하면 헬리콥터 수준이었다. 이렇게 큰 기체가 손바닥만 한 드론파이터처럼 자유롭게 비행한다는 사실이 믿어지지 않았다.

"그래요? 내가 좀 날려 볼까요?"

여자가 조종기를 잡았다. 곧이어 네 개의 플롭이 바람을 일으키며 힘차게 돌았다. 엔진 소리도 헬리콥터처럼 굉장했다. 드론이 사뿐하게 수직 상승하여 그대로 하늘로 치솟았다. 때마침 둥근 보름달이 구름 속에서 빠져나왔다. 여자가 보름달 높이까지 드론을 상승시켰다. 물론 보름달의 진짜 높이가 아니라 땅에서 지켜보는 사람의 눈높이다.

어느 순간 보름달 속에 여자가 날리는 드론이 콕 박혔다. 그렇게 드론이 보름달을 벗어나지 않고 호버링을 한다는 자체가 놀라웠다.

좌에서 우로, 우에서 좌로 드론이 천천히 이동했다. 여자도 조종기를 든 채 춤을 추듯이 드론을 따라 몸을 부드럽게 움직였다. 드론과 여자, 그 모습이 어찌나 우아한지 새의 날갯짓을 보는 듯했다. 드론은 보름달을 가로질러 여유롭게 날아가는 한 마리 기러기가 되었다.

"와아!"

나도 모르게 입을 딱 벌리며 감탄했다.

"역시 원장님의 비행 솜씨는 최곱니다."

먼저 드론을 날렸던 남자가 놀라워했다. 남자가 여자에게 원장님이라고 했다. 그렇다면 여자가 이 드론 교육원의 대장이라는 말이었다.

여자는 정말 대장다웠다. 남자의 말이 신호라도 되는 듯 갑자기 드론이 보름달을 박차고 튀어나왔다. 그러더니 동에 번쩍 서에 번쩍이었다. 불빛 신호만으로 밤하늘에서 드론의 존재가 확인될 뿐이었다.

타다다닥!

여자가 움켜쥔 조종기에서 불꽃이 튀는 소리가 났다. 능수능란한 조종 기술이었다. 나는 두 손을 활짝 펴 가슴에 얹었다. 숨이 멎을 듯해서였다. 드론을 조종하는 것은 여자인데 내 손바닥이 땀으로 흥건하게 젖었다.

위이잉!

여자가 밤하늘을 누비던 드론을 언제 땅으로 불러들였는지 모른다. 10여 미터 앞에 랜딩 기어를 펼치며 얌전하게 착륙한 드론이 숨을 고르듯이 소리를 내고 있었다.

"좋네요."

여자가 차분하게 말했다. 여자가 드론의 엔진을 끄고 남자에게 조종기를 넘겨주었다.

"교육생인가?"

조종기를 받은 남자가 나에게 물었다. 그때까지 남자도 여자의 드론 비행에 정신이 나가 내가 옆에 있는 것도 몰랐나 보다. 나는 머리를 끄덕였다. 대답을 하려고 해도 너무 놀라워 아직 말이 나오지 않아서였다.

"중간에 탈락하기 없기다?"

남자가 나에게 말했다. 그사이 여자가 말도 없이 사라졌다.

"이것 좀 들어 줄래? 나는 기체를 옮겨야 해서."

남자가 조종기를 내게 주었다. 아직도 여자의 체온이 남았는지 조종기가 뜨거웠다. 스로틀과 러더 레버와 엘리베이터와 에일러론 레버가 특히 더했다. 나는 낙지가 다리를 펼치듯 손가락을 펼쳐 조종기의 다른 버튼들을 조심스럽게 더듬었다. 크기만 좀 클 뿐 드론 파이터의 조종기와 크게 다르지 않았다.

"중간에 탈락하기 없기다?"

남자가 다시 다짐을 받으려 했다. 교육장까지 함께 걸어와 조종기를 넘겨준 다음이었다.

"네, 네, 네!"

나는 또박또박 반복해서 대답했지만 영 자신은 없었다. 곧 기숙사로 들어가야 해서다.

104호.

기숙사 방문 앞에 섰다. 왜 하필 4자가 들어간 104호일까? 몹시 불길한 예감이 꾸역꾸역 밀려왔다.

팔뚝문신과 그에 버금가는 성깔 사나운 아저씨! 저승 문턱을 넘어갔다 살아 돌아왔다는 아저씨의 말이 이상하게 마음에 걸렸다. 거기에 저승사자도 포기했다고 하지 않았던가. 그리고 보니 아저씨의 몸 전체에서 서늘한 죽음의 냄새가 나는 듯했다. 몸에 소름이 오싹 돋았다. 어쩌면 오늘 밤 팔뚝문신과 내가 죽음의 제물이 될지도 모를 일이었다. 무서운 생각은 가지에 가지를 쳤다. 나는 방문을 열지 못하고 한참 동안 서 있었다.

"으악!"

나는 비명을 지르고 말았다. 비명을 안 지를 수 없었다. 어느 틈에 다가온 팔뚝문신이 내 목덜미를 움켜쥐고 어디론가 질질 끌고 갔다. 분명히 내 비명 소리를 들었을 텐데 이웃해 있는 다른 방에서 한 사람도 나와 보지 않았다.

"조용히 좀 해. 이 자식아!"

팔뚝문신이 그사이 내 입을 틀어막았다. 나는 숨이 막혀 발버둥을 쳤다. 팔뚝문신에게 끌려간 곳은 복도 끝에 있는 공동 세면장이었다. 넓은 공간에 딱 두 개인 전등 중 한 개가 애꾸눈인 양 까맣게 죽어 있었고, 다른 한 개는 금방 불이 나갈 듯 깜빡거렸다.

"내가 눈칫밥 5백 년이고 산전수전 공중전까지 다 치른 놈인데 말야."

내 목덜미를 놓아준 팔뚝문신이 목소리를 한껏 낮춰 속삭였다. 목소리가 무척 음산했다. 나는 겁이 나서 애벌레처럼 몸을 동그랗게 움츠렸다.

"저 영감, 이상하지 않냐? 말은 하고 있지만 겉으로 봐도 시체나 다름없지 않냐? 아니면 무덤에서 방금 나온 귀신이든지 말야."

팔뚝문신이 말하는 영감이란 아저씨다. 아저씨는 영감 소리를 듣기에는 아직 젊어 보이기는 했다. 그러나 팔뚝문신의 말처럼 시체라든지 귀신이라든지 그것들과 연관을 지으면 영감이라는 호칭이 딱 맞아떨어졌다.

"어후! 저 영감, 생각하면 할수록 온몸에 소름이 돋는다. 너는 안 그러냐?"

팔뚝문신이 어울리지 않게 몸을 부르르 떨었다. 공동 세면장 불빛이 어둑했지만 나는 팔뚝문신의 팔에 오소소 돋는 소름을 보았다. 마치 팔뚝을 감고 있던 코브라 문신이 살아서 비늘을 세우는

것 같았다. 그것을 보자 나도 온몸에 소름이 쪽 돋고 등골이 오싹
했다.

"아무튼 지금부터 너는 내 곁에 꼭 붙어 있어야 돼. 내가 떨어지
라고 할 때까지. 알았냐? 안 그러면 내가 먼저 죽여 버린다."

팔뚝문신이 다시 나를 질질 끌고 갔다. 104호로 말이다. 꼭 지옥
으로 끌려가는 기분이었다.

아저씨는 침대에 죽은 듯이 누워 있었다. 바깥 불빛이 유리창에
비춰 들어 방 안이 희미했다. 팔뚝문신은 불도 켜지 않은 채 자기
의 옆 침대에 나를 끌어다 놓았다. 내 침대를 비워 두고 여기서 자
라는 것이었다.

"컥! 커억, 푸우!"

무섭다는 말도 거짓말인 듯했다. 팔뚝문신은 침대에 눕자마자
숨넘어갈 듯이 코를 골며 곯아떨어졌다.

이상하게 몸은 깨어 있는데 정신이 점점 흐릿해졌다. 졸린 것 같
으면서도 깨어 있는 듯했고 깨어 있는 듯하면서도 졸려서 미칠 지
경이었다. 밤은 점점 깊어 갔다. 밤새도록 나는 코브라에게 몸이
칭칭 감겨 시체와 귀신에게 쫓겨야 했다.

11. 팔뚝문신의 속셈

　나는 싫어 죽겠는데 눈뜨자마자 팔뚝문신이 껌처럼 달라붙었다. 팔뚝문신은 세면장과 식당 그리고 교육장까지 졸졸 따라다녔다.

　날씨가 싸늘해 열네 명의 교육생 모두 긴팔 옷을 입었는데 단 한 사람, 팔뚝문신만 반팔 셔츠 차림이었다. 팔뚝도 어찌나 굵은지 반팔 소매 끝이 찢어질 듯했다. 벌써 한쪽은 터져 버렸다. 터진 그곳이 바로 문신 코브라의 머리다. 코브라가 입을 쩍 벌리고 날카로운 이빨을 드러냈다. 팔뚝문신이 코브라의 머리가 잘 보이게 하려고 일부러 그 부위를 찢은 것 같았다.

　교육생들이 팔뚝문신을 슬슬 피해 다녔다. 교육생들은 팔뚝문신과 같이 다니는 나까지 흘끔거리며 경계했다. 특히 여자 교육생들이 셋인데 그들은 숫제 나와 눈도 마주치지 않았다.

오전은 이론교육이었다. 시간표를 보니 첫 일주일 오전은 이론교육, 오후는 시뮬레이션 교육이다. 팔뚝문신이 어김없이 내 옆자리를 꿰차고 앉았다.

원래 드론이라는 말은 웅웅거리는 소리를 말하는데 정확한 명칭은 무인기란다. 풀어서 이야기하면 조종사 없이 무선 전파의 유도에 의해 비행 및 조종이 가능한 무인 항공기였다.

교관의 설명이 머리에 쏙쏙 들어왔다. 드론을 이용한 미래 4차 산업 미리보기는 공상과학영화를 보는 듯 가슴을 뛰게 했다. 드론의 역사도 굉장한 흥밋거리였다.

"뭔, 개 풀 뜯어 먹는 소리야."

팔뚝문신이 손가락으로 귓구멍을 후비며 중얼거렸다. 팔뚝문신은 이렇게 첫 시간부터 수업을 방해했다.

"필기시험에 나오는 것들만 쏙쏙 찍어서 설명하는 거니까 알아서 하세요. 그리고 필기시험에 합격하지 못하면 실기시험과 구술시험을 볼 수 없습니다."

어젯밤 실습장에서 연습 비행을 하던 남자가 바로 이론교육 교관이었다. 교관도 팔뚝문신이 신경 쓰이는지 몇 번이나 이 말을 반복했다. 팔뚝문신은 내내 책상에 엎드려 잠만 잤다. 차라리 고마운 일이었다. 팔뚝문신이 책상에서 머리를 든 것은 오전 마지막 시간이 끝날 무렵이었다.

"야, 고삘! 어젯밤 잘 잤냐?"

팔뚝문신이 내게 몸을 붙이며 물었다. 팔뚝문신의 팔이 먼저 내 몸에 닿았다. 팔에 새긴 코브라 문신이 살아 있는 듯 꿈틀꿈틀했다. 나는 기겁을 하며 얼른 몸을 뗐다. 그런 나를 보고 팔뚝문신이 징그럽게 웃었다.

"나는 그 영감탱이 때문에 한잠도 못 잤다."

그렇게 코를 골며 잘 자 놓고 팔뚝문신은 입에 침도 안 바르고 거짓말을 했다. 정말 미치고 팔딱 뛸 노릇이었다.

"야, 공부 열심히 해라. 나는 개인 과외가 아니면 절대 머리에 안 들어온다. 나중에 따로 과외를 시켜 주든지 시험 볼 때 커닝을 해 주든지……."

팔뚝문신이 이렇게 말했다. 나는 가슴이 철렁했다. 팔뚝문신은 다 속셈이 있어 껌딱지처럼 나에게 달라붙은 것이었다. 결론적으로 나에게 자기의 필기시험을 책임지라는 말이었다. 요즘 세상에 시험 보는 데 커닝이라니 말도 안 되는 소리였다.

나는 머릿속이 하얗게 변했다. 엎치고 덮치고 첩첩산중이었다. 교관이 요점 정리를 해 주는데 하나도 귀에 들어오지 않았다. 얼핏 봐도 각양각색 온갖 사람들의 집합체인 이곳에서 도움을 요청할 사람은 하나도 없었다. 중도에 드론 교육을 포기하지 않는 한 악마 같은 팔뚝문신에게서 벗어날 수 없을 것 같았다.

오후는 시뮬레이션 교육이었다. 연습용으로 지급된 조종기를 컴퓨터에 연결하여 프로그램을 가동시켰다. 자유 비행 연습, 호버링

비행 연습, 이착륙 연습, 괴물 잡기 게임, 장애물 통과 비행 등 다양한 연습 메뉴들이 있었다.

"야, 고삘! 이것 좀 연결해 봐."

팔뚝문신이 또 귀찮게 했다. 나는 조종기 포트를 컴퓨터에 꽂아 주고 알아서 프로그램까지 화면에 띄웠다. 가급적 나에게 말을 붙이지 못하게 하기 위해서였다.

"뭐, 이거 컴퓨터 게임이네. 이런 것쯤 껌이지 뭐."

팔뚝문신은 이론교육시간 내내 조느라 조종기 레버의 기능을 몰라 처음에는 헤매더니 제법이었다.

"일단은 조종기의 기능을 손에 익혀야 해요. 컴퓨터 자판처럼 손에 익으면 실전 비행은 훨씬 쉬워요. 특히 호버링과 이착륙 연습은 많이 하면 할수록 좋아요. 이착륙 게임에서 1분 이내에 20개를 성공시키는 분께는 제가 선물을 드릴게요."

시뮬레이션 교관은 원장이라는 여자였다. 낮에 보니 더 차분해 보였다. 불꽃이 튀도록 조종기를 움직여 드론을 날리던 어젯밤의 모습이 꿈인 듯했다. 아직도 내 머릿속에는 밤하늘을 거칠게 가르고 솟구쳐 오르던 폭발적인 드론의 비행이 남아 있었다.

"선물이라……. 선물이라고 했지? 흐흐흐흐."

팔뚝문신이 중얼거리며 컴퓨터 화면으로 파고들었다. 놀랍게도 팔뚝문신은 화면 속 드론을 자유자재로 조종했다. 벌써 몇 개를 착륙장에 내려 성공시켰다.

"잘하시네요."

원장이 다가와 칭찬했다.

"이까짓 것 아무것도 아니지요. 내가 컴퓨터 게임 경력이 20년입니다요. 흐흐흐흐."

원장의 칭찬에 팔뚝문신은 신이 났다.

"꼭 성공하셔서 선물 받으세요!"

원장이 응원을 보냈다. 문제는 나였다. 기체를 착륙장까지 겨우 끌어다 놓고도 정작 착륙을 시도하려면 빗나갔다. 스로틀 레버를 똑바로 내린다고 내렸는데도 말이다. 이러다가는 게임 시간 2분 동안 하나도 성공하지 못할 듯했다.

"자, 이렇게 해 보세요."

보다 못한 원장이 조종기를 잡은 내 손 위에 자신의 손을 덮었다. 그리고 스로틀 레버를 잡은 왼쪽 엄지에 자신의 엄지를 겹쳐 부드럽게 조종해 주었다. 마치 손등에 따뜻한 솜 한 덩이가 내려앉은 듯한 느낌이었다. 자꾸 빗나가던 기체가 착륙장에 부드럽게 내려앉았다. 성공을 알리는 팡파르가 터졌다. 첫 번째 착륙 성공이었다.

"손가락에 힘을 빼고요. 느낌대로 해 보세요. 민철 학생은 공부만 하느라 컴퓨터 게임은 하나도 안 해 봤나 봐요."

원장이 내 어깨를 툭툭 두드려 주었다. 나는 원장이 내 이름을 안다는 것에 일단 놀랐다. 그리고 비록 사실과 다르지만 공개적으로 공부만 했던 모범생이라고 말해 줘서 감동했다. 컴퓨터 게임을 안 한 것이 아니라 못 한 것이지만 그로 인해 모범생이 될 줄은 몰랐다.

원장이 그렇게 말하자 다른 교육생 몇몇이 의외라는 듯 나를 쳐다봤다. 그것도 참 고마운 일이었다. 제발 교육생들이 팔뚝문신과 나를 같은 부류로 생각해 주지 않았으면 하는 바람이었다.

"교관 선생 나리님, 저도 잘 안 되는데요? 저도 좀 가르쳐 주시지요."

팔뚝문신이 목소리를 착 깔며 비웃음 반, 협박 반으로 원장에게 말했다.

"댁 나리는 이번 교육생들 중 가장 잘하고 계시니까 안심하고 계속하세요."

원장은 팔뚝문신에게 눈길도 안 주고 말했다. 원장도 기분이 상했는지 말에 비웃음이 실렸다.

"뭐야, 씨이. 인간 차별하는 것도 아니고……."

팔뚝문신이 그냥 넘어가지 않고 투덜거렸다. 팔뚝문신이 반팔 소매를 어깨까지 썩썩 걷어 올렸다. 팔뚝문신의 팔에 코브라 문신 전체가 드러났다. 팔뚝을 휘감았던 코브라의 몸통 중 꼬리가 교묘하게 겨드랑이 쪽을 파고들고 있었다. 팔뚝문신이 보란 듯이 힘을 주자 코브라 문신이 꿈틀거렸다. 특히 꼬리 쪽이 파르르 떨렸다.

"이보세요!"

원장이 얼굴 표정 하나 흐트리지 않고 다가오며 팔뚝문신을 불렀다.

"뭘 보세요!"

팔뚝문신도 소리를 버럭 지르며 자리에서 일어나 맞섰다. 교육장 분위기가 금방 험악해졌다.

"이런 식으로 할 거면 교육받지 마세요. 당신 같은 사람 필요 없어요. 교육비에 돌아가실 차비까지 돌려 드릴 테니 가세요. 다른 교육생들에게 피해 주지 마시고요."

원장이 당차게 맞섰다.

"뭐얏?"

팔뚝문신이 입고 있는 셔츠를 뒤집어 벗으려 했다. 영화에서 보던 폭력배들이 늘 하던 짓이었다. 그러나 셔츠가 어찌나 꽉 끼는지 겨우 배꼽 위까지 올려졌다. 보나마나 몸 전체가 문신으로 얼룩져 있을 것이다. 그때 뒷자리에 앉아 있던 아저씨가 앞으로 썩 나왔다. 팔뚝문신과 나와 한방을 쓰는 그 아저씨였다.

"미친놈! 그래, 벗어라. 네 놈 더러운 몸이나 한번 보자."

아저씨가 달려들어 팔뚝문신의 옷을 마저 벗기려 했다. 그 바람에 옷을 벗으려던 팔뚝문신이 주춤했다.

"왜, 벗으라니까? 벗고 한바탕 지랄을 해 보라니까?"

아저씨가 이번에는 팔뚝문신의 바지를 잡고 늘어졌다. 바지가 내려가면서 팔뚝문신의 검정 팬티가 살짝 드러났다. 팔뚝문신이 놀라서 두 손으로 바지춤을 움켜쥐고 뒤로 물러났다.

"에이, 씨이! 이걸, 이걸⋯⋯."

팔뚝문신이 주먹을 들어 아저씨를 겨눴지만 정작 내지르지는 못했다. 오히려 아저씨가 팔뚝문신의 주먹 쪽으로 몸을 던지려 했다. 팔뚝문신이 어쩔 수 없이 뒷걸음질을 쳤다.

"거지 같은 교육, 내가 더러워서 안 받는다."

드디어 팔뚝문신이 교육장에서 나갔다. 나는 온몸에 힘이 쪽 빠져 책상에 엎드렸다. 여기저기에서 조심조심 숨 뱉는 소리가 들렸다.

"미안해요. 교육을 하다 보면 별별 사람이 다 있어요. 이 정도는 양호한 편입니다. 걱정하지 마시고요, 연습 계속하세요."

원장이 담담하게 말했다.

"나도 소란을 피워 미안합니다."

갑자기 아저씨가 앞으로 나가며 말했다. 아저씨의 걸음걸이가 몹시 흔들렸다. 그런 몸으로 팔뚝문신과 맞섰다는 것이 믿어지지 않았다.

"교관님, 제가 잠깐 말을 해도 되지요?"

아저씨가 원장에게 양해를 구했다. 원장이 머리를 끄덕였다.

"제 꼴이 좀 그렇지요? 보시다시피 저는 많이 아픈 사람입니다. 암 수술을 세 번 받았고 아직 항암 치료 중입니다. 모두 죽는다고 했는데 아직 살아 있습니다. 실제로 저는 죽음을 몇 번 경험하기도 했습니다. 그런데 죽기 전에 꼭 해 보고 싶은 일이 있었습니다. 바로 드론을 날려 보는 거지요. 제 꿈이 파일럿이었거든요. 몸이 이래서 파일럿이 되기는 어려워 드론을 배워 보기로 한 겁니다. 어쩌면 살아생전 마지막 소원일 겁니다."

아저씨가 힘이 드는지 잠시 말을 끊었다. 아저씨가 찬찬히 교육생 하나하나에게 눈길을 주기 시작했다. 아저씨의 눈길이 나에게 옮겨 왔다. 그때 흑! 하고 여자의 울음소리가 들렸다. 먼저 눈길을 받은 여자 교육생인 듯했다.

아저씨는 다른 교육생보다 좀 더 오래 나를 처다봤다. 그러고는 고개까지 두어 번 끄덕거려 주었다. 나도 고개를 끄덕일 수밖에 없었다.

오늘 새벽에 제일 먼저 일어난 아저씨가 웅크리고 자는 내게 자신이 덮었던 이불을 덮어 주었다. 나는 마음이 께름칙해 아저씨가 방에서 나가자마자 이불을 치워 버렸다.

"여기 오신 분들은 나름대로 다 사연이 있을 겁니다. 시간이 남아돌아서 배우려는 것이 아니지요. 저 친구도……."

아저씨가 강의실 출입문을 바라보면서 또 말을 끊었다. 팔뚝문신이 성난 코뿔소처럼 콧김을 풍풍 뿜어 대며 나간 문이었다.

"저 친구도 무슨 사연이 있어 드론을 배우러 온 걸 겁니다. 분명 다시 돌아올 테니까 그때는 모두 잘 대해 주었으면 합니다."

아저씨가 말을 마치고 자리로 돌아갔다. 교육생들이 수군거리기 시작했다. 아마 팔뚝문신이 다시 돌아올 것이라는 아저씨의 말 때문인 듯했다.

"너무 힘들게 하시지는 말고요, 즐기면서 하세요. 교육시간표를 보셔서 아시겠지만 이번 주는 실습은 없고, 이론 교육과 시뮬레이션 교육입니다. 그냥 컴퓨터 게임을 한다 생각하고 재미있게 손에 익히시면 됩니다."

말을 마친 원장이 안심이 되는지 교육장에서 나갔다.

"그 조폭 다시 돌아오지는 않겠지요?"

쉬는 시간에 여자 교육생이 다가와 물었다. 아저씨에게도 녹차 한 잔을 갖다주는 것으로 봐서 울음을 터뜨렸던 교육생인 듯했다. 눈이 소의 눈처럼 커서 울음도 많고 마음도 여려 보였다. 나에게도 꼬박꼬박 존댓말을 했다.

"우리 원장님은 스튜어디스 출신이래요. 교통사고를 당해 비행기를 탈 수 없어서 이 드론 교육원을 만든 거래요. 비행기 대신 드론으로 하늘을 나는 것이지요. 나는 인터넷에서 원장님 이야기를 읽고 원장님이 마음에 들어 드론을 배우기로 한 거예요. 나는 작은 회사 다니다 재미없어서 그만뒀어요. 참, 내 이름은 애영이고요, 나이가 더 많으니까 그냥 애영 누나라고 불러 줄래요?"

여자가 알려 준 원장의 이야기는 어쩐지 당연한 것처럼 느껴졌다. 나는 여자의 부탁처럼 이제부터 여자를 애영 누나로 부르기로 마음먹었다. 일단 낯선 분위기에서 누군가 편하게 말을 나눌 상대가 생겼다는 것이 무엇보다도 좋았다.

"아, 어쩐지 원장님은 다르다고 생각했어요. 맞아요."

나는 애영 누나의 말을 들으며 고개를 끄덕였다.

"민철 학생은 왜 드론을 배우러 왔어요?"

애영 누나가 물었다.

"배우고 싶어서요. 하고 싶어서요."

나는 솔직하게 말했다. 담임이 말했듯이 나는 공부든 놀이든 운동이든 하고 싶은 것이 하나도 없는 아이였다. 그렇게 17년을 흐지부지 살았다. 하고 싶다고 느낀 것은 오직 이 드론이 최초였다.

"그럼 된 거네, 뭐. 민철 학생은 잘할 수 있을 거예요."

애영 누나가 엄지를 척 들어 주었다.

"애영 누나는 드론을 배워서 뭐 할 건데요?"

내가 물었다.

"민철 학생이 그렇게 불러 주니까 좋은데요."

애영 누나가 크게 기뻐했다.

"원장님이 마음에 들어 배우고 싶었던 것도 있지만 이제부터 내 생각대로 내가 주인공이 되어 뭔가 하나 이뤄 보려고요. 서른 살이 넘도록 그런 것들이 하나도 없었던 것 같아요."

애영 누나가 말했다. 내가 드론을 배우려는 것과 애영 누나가 드론을 배우려는 것이 어쩌면 비슷했다. 비로소 여기에서 내 편이 하나 생긴 듯했다.

"저도 애영 누나와 똑같아요."

나도 고백을 했다.

"에이, 민철 학생이 나보다 나아요. 그 나이에 어떤 목적의식을 가지고 이렇게 낯선 드론 교육을 배우러 온 것 자체가 굉장한 거예요. 누가 떼밀어서 온 것 아니잖아요. 딱 보니까 공부도 잘하고 부모님 말씀도 잘 듣고 영락없는 모범생인데 뭘요."

애영 누나의 폭풍 같은 칭찬이 부끄러웠다.

"다른 사람들은 다 민철 학생을 그 조폭과 한패다 그렇게 말했는데 나는 처음부터 아닌 줄 알았어요. 정말 다행이에요."

다행은 내가 다행이었다. 팔뚝문신이 빠져나가지 않았다면 나는 모든 교육생들에게 끝까지 조폭 취급을 당할 뻔했다.

12. 정면 돌파

아저씨가 우리 교육생들의 반장으로 선출되었다. 아니, 아저씨를 중심으로 모든 교육생들이 하나가 되었다. 시뮬레이션 게임으로 간식 내기를 했고 아저씨가 번번이 져서 물주 노릇을 도맡았다.

교육은 평화롭게 진행되었고 교관으로부터 학습 성취도가 최고라는 말도 들었다. 수강생 중에서 내가 나이가 제일 어린 막내였다.

팔뚝문신이 이틀 만에 드론 교육원으로 돌아왔다. 수강생들이 모두 긴장했다.

"고삘, 금요일에 필기시험 봐야 된다며?"

나를 콕 찍어 따라붙은 팔뚝문신의 첫마디가 이랬다. 그래서 나보고 어쩌라는 것일까?

이번 교육 기수는 복이 참 많단다. 일정 조정을 잘해 교육 기간인 2주일 안에 필기시험, 실기시험, 구술시험까지 모두 마칠 수 있다고 했다.

단기 합숙 교육이면 당연히 다 그런 줄 알았는데 실기시험은 시행 일자가 몇 번 안 되어 교육을 마치고도 한참 뒤에 치르는 경우가 많다는 것이었다. 특히 실기시험 장소가 우리 드론 교육원 실습장이라는 거다.

그것은 그렇고 드론 교육원도 이상했다. 팔뚝문신이 분명히 교육을 안 받는다고 나갔는데 다시 받아 준 이유를 모르겠다. 팔뚝문신이 다시 돌아올 것이라고 분명히 말했던 아저씨도 지금 생각하니 수상했다. 어쩐지 모두들 한통속으로 짜고 나를 괴롭히는 것 같았다.

"이걸 어째, 큰일 났네요."

애영 누나만 유일하게 내 걱정을 해 주었다. 나도 할 말을 잃어버렸다. 어차피 이론교육 내용에서 필기시험이 출제되고 70점 이상이면 합격이다. 드론의 기기 명칭과 기능, 비행에 관한 관련 법령 등 크게 어려울 것은 없었다. 교관이 중요하다고 하는 것을 꼼꼼하게 반복하고 나름대로 기출문제를 참고하여 준비를 철저히 했다.

문제는 팔뚝문신이 커닝을 시켜 달라는 거다. 명색이 국가 자격증이니 시험 감독도 철저할 것이다. 만약 커닝을 시켜 주다가 걸리면…….

"어쩌겠냐. 네가 도와줘야지."

이제 아저씨까지 노골적으로 팔뚝문신 편을 들었다.

"저한테 도대체 왜 그러시는데요?"

나는 참지 못하고 아저씨에 대들었다.

"그러면 이 몸으로 내가 도와줘야 될까?"

아저씨가 부르르 화를 냈다. 아저씨의 몸에서 찬바람이 씽씽 돌았다. 뒤늦게 우리 방에 들어온 전직 치킨 배달원 형은 그러거나 말거나였다. 두 볼이 늘어질 대로 늘어진 모습 그대로 자기 욕심밖에 몰랐다. 교육장에서 남은 간식을 모두 쓸어 와 가방 안에 쟁이는 것만 봐도 그랬다.

"아이, 시끄러워 죽겠네. 그게 무슨 큰일이라고. 네가 공부하는 김에 좀 가르쳐 주면 되지, 뭘."

형은 남의 일이라고 쉽게 말했다.

"커닝을 시켜 달라고 하니까 그렇잖아요."

감히 팔뚝문신을 가르치겠다는 생각을 못 했다. 가르친다고 배울 팔뚝문신이 아닐 듯해서였다.

"요즘 세상에 커닝은 무슨."

아저씨가 말했다.

"내 말이 그 말이에요. 컴퓨터로 시험을 보는데 무식하게……. 소형 드론을 띄워 몰래 답안지를 전달해 주면 되겠네. 클클클!"

형이 얄밉게 농담까지 했다.

"그건 걱정하지 말고. 내가 그놈한테 말할 테니까 네가 좀 도와

쥐라. 어떡하겠니.”

아저씨가 부드럽게 말했다. 나는 일단 커닝이 아니라니까 좀 안심이 되었다. 그때 팔뚝문신이 방으로 들어왔다.

“드론인지 드런인지는 날다가 떨어지면 들고 뛰면 되는데 이놈의 글자 나부랭이들은 내 취향이 아니란 말야. 내가 시험문제를 알려 달라고 했지 책을 달라고 했나?”

팔뚝문신이 두툼한 이론교육 교재를 침대를 향해 거침없이 날려 버렸다. 사무실에 찾아가 또 억지를 부린 듯했다. 그래도 오늘은 긴팔 옷을 입어 코브라 문신이 보이지 않았다.

“저기요, 제가 요점 정리를 한 것이 있는데 같이 공부할래요?”

나는 눈을 질끈 감고 이렇게 말해 버렸다. 어차피 피해 가지 못할 바에는 정면 돌파가 나을 듯했다. 시험에 붙고 떨어지고는 자기가 할 나름이었다.

“공부라고?”

나는 힘들게 말했는데 팔뚝문신이 놀라서 되물었다. 공부라면 나도 팔뚝문신처럼 깜짝깜짝 놀라는 처지다. 그러나 공부도 공부 나름이었다. 필기시험 공부는 이제껏 내가 한 공부 중에서 가장 재미있었다. 그렇다면 공부가 아닌 것이다.

“커닝을 시켜 달라니깐?”

마침내 팔뚝문신이 본색을 드러냈다.

“병신 같은 자식! 그렇게 머리가 안 돌아가니 팔뚝에 그깟 뱀 새끼나 파 넣고 깡패 짓이나 하지. 요즘이 어떤 세상인데 커닝이야. 컴퓨터로 시험을 보는데 어떻게 보여 줄 것이며 국가 자격증 따기가 그렇게 쉬운 줄 아나? 저놈 말대로 소형 드론을 띄워 답안지를 전달해 주면 모를까."

아저씨가 형을 가리키며 말했다. 형은 벌통을 뒤지는 곰처럼 침대 모서리에 머리를 처박고 아예 모른 척하고 있었다. 어느 틈에 가방에서 간식을 꺼내 입에 넣었는지 볼이 불룩거렸다.

아저씨의 말이 맞는지는 모르겠다. 확실한 것은 커닝은 도저히 불가하다는 것뿐이었다. 하다못해 학교에서 시험을 볼 때도 학부모 한 명과 선생 한 명이 시험 감독을 했다.

"영감은 왜 자꾸 욕을 해. 내가 영감 자식이야?"

팔뚝문신이 아저씨를 향해 이를 드러내며 으르렁거렸다.

"너 같은 놈들은 욕해도 괜찮고 나는 욕하면 안 되는 건가?"

또 시작이었다. 그러나 처음처럼 독기가 올라 서로 싸우는 느낌은 아니었다. 아저씨의 목소리에서도 어느 정도 힘이 빠져 있었고 팔뚝문신도 조금 순해졌다.

"할 수 없지, 뭐. 이왕 돈 처들이고 들어왔으니 시험은 봐야지. 그럼 어디 가르쳐 봐."

팔뚝문신이 내 침대로 엉덩이를 던졌다. 침대가 내려앉을 듯 푹 꺼졌다.

"수학 문제처럼 골치 아프게 푸는 것도 아니고요. 여기 이렇게 별표 친 곳을 몇 번씩 달달 외우기만 해요. 잘 외워지지 않으면 자꾸 입 속으로 반복해서 읽다 보면 외워져요. 객관식이라 깊이 파지 않아도 개념만 알면 맞힐 수 있어요. 그런데…….”

나는 팔뚝문신과 나란히 앉아 요점 정리 노트를 활활 펼쳐 보이며 설명했다. 팔뚝문신도 순순히 고개를 끄덕였다.

걱정거리가 또 하나 있었다. 필기시험은 객관식인데 필기시험 합격 후 실기시험을 보고 그다음에 구술시험이다. 쉽게 말해서 구술시험은 주관식 시험이다. 감독관이 이론교육 내용에서 몇 가지를 뽑아 물으면 즉시 대답을 해야 한다. 가령 ‘자이로 센서가 무엇입니까?’라고 물으면 ‘기체의 기울어짐을 측정하여 바로잡아 주는 센서입니다.’라고 대답해야 한다.

팔뚝문신이 과연 그 어려운 구술시험까지 통과할지 의문이었다.

‘에이, 난 몰라. 그때는 그때고…….’

나는 머리가 아파 거기까지 생각하고 싶지 않았다.

“비행 제한 구역이란 초경량 비행장치의 비행 안전을 위하여 필요하다고 인정하는 경우에는 초경량 비행장치의 비행을 제한하는…….”

팔뚝문신이 공부에 돌입했다. 나는 입 속으로 반복해서 계속 읽으라고 했는데 말귀를 알아듣지 못하고 소리 내서 읽고 있었다. 그 정도만 따라 주어도 괜찮았다.

“야, 고삘! 초경량 비행장치가 뭐냐?”

팔뚝문신이 읽기를 멈추고 내게 물었다. 내가 그럴 줄 알았다.

"초경량 비행장치란 자체 무게가 12.5킬로그램 이상인 드론이에요. 그 이하를 조종하는 것은 자격증이 없어도 가능해요."

나는 막힘없이 설명해 주었다. 150미터 높이를 넘지 말고 날려야 된다는 말을 하려다 그만두었다. 이 문제는 나중에 비행 법규를 공부할 때 다른 것과 연계해서 알려 주는 것이 좋을 듯해서였다. 150미터 고도 제한은 시험 문제에 꼭 나올 것이다.

"역시 과외를 많이 받아 본 놈이 과외도 잘 가르치는 거야. 과외 선생은 최고로 뽑았어. 흐흐흐."

팔뚝문신이 만족스러워했다. 살다가 내가 다른 사람의 과외 선생이 되어 보기는 처음이었다. 만약 내 성적이 우리 반 20명 중에 15등 이하인 것을 팔뚝문신이 안다면 어떤 얼굴일까? 그런 하위 성적자인 나를 과외 선생으로 생각하는 팔뚝문신은 정말 형편없는 것이었다.

"시험 붙으면 과외 선생에게 과외비 많이 드려. 그리고 지금부터 이놈 저놈 하지 말고 선생님이라고 깍듯이 모셔."

아저씨가 침대에 몸을 눕히며 말했다.

"선생은 무슨 주먹만 한 놈을……. 안전성 인증 검사는 초도 검사, 정기 검사, 수시 검사, 재검사가 있으며……."

나도 팔뚝문신의 욕에 어느 정도 적응이 되어 그다지 기분 나쁘지 않았다. 팔뚝문신의 공부는 계속되었다.

"원래 유명한 선생은 학생들 공부시켜 놓고 잠을 자는 거야. 저 놈은 공부하게 놔두고 너는 어서 자라."

아저씨의 말에 팔뚝문신이 있는 대로 얼굴을 구기더니 겨우 참았다. 아저씨가 나에게 눈을 꿈쩍꿈쩍했다. 모른 척하고 자라는 뜻이었다. 나는 팔뚝문신을 흘끔거리며 아저씨가 시키는 대로 침대에 누웠다. 팔뚝문신이 불을 환하게 켜 놓아 불편했지만 돌아눕자 그런대로 괜찮았다. 옆 침대 형은 바가지를 엎어 놓은 듯했다. 그렇게 엎어져 잠을 자는 아주 특이한 버릇이 있었다.

팔뚝문신이 새벽 3시까지 요점 정리 노트를 읽었단다. 나는 오랜만에 죽은 듯이 자서 까맣게 몰랐다. 내가 눈을 뜨자 아저씨가 이미 일어나 침대 위에서 호흡 훈련을 하고 있었다. 아저씨는 호흡 조절로 아직 몸속에 남은 아픔을 다스린다고 했다. 그러면서도 가끔 이를 악물 정도로 고통스러워했다.

새벽빛이 창문으로 희미하게 스며들고 있었다. 전직 치킨 배달부 형은 새벽 운동을 나갔다. 먹는 욕심만 줄이면 괜찮을 텐데 그 나이에 당뇨란다. 조폭에 암 환자에 당뇨병 환자에 특성화 고딩까지 우리 방은 정말 엉망진창이었다. 애영 누나에게 들은 바로는 여자 교육생 중에는 자살 시도를 몇 번이나 한 사람도 있다고 했다. 죽고 싶어도 마음대로 안 되니까 그냥 한번 살아 보려고 들어왔다는 말까지 덧붙였다. 새처럼 훨훨 날고 싶어 한다고 말했다.

"저놈, 생긴 것은 저래도 불쌍한 놈이야. 제 딴에는 사람 구실 좀 해 보려고 여기 들어온 모양인데 도와주는 것도 좋지."

아저씨가 훌렁 까서 드러난 팔뚝문신의 징그러운 배를 이불로 덮어 주며 말했다. 서로 잡아먹을 듯 싸우던 때와는 딴판이었다.

"엊그제 첫날, 교육장 밖으로 나가서 간 줄 알았는데 밖에서 내 얘기를 다 들은 모양이다. 밤늦게 찾아와 눈물을 흘리며 미안하다고 하더라."

아저씨와 팔뚝문신 사이에 그런 일이 있었는 줄 까맣게 몰랐다.

"저놈 좀 더 자게 우리 나갈까?"

아저씨가 먼저 일어나며 나에게 손을 내밀었다. 나는 선뜻 아저씨의 손을 잡지 못하고 망설였다.

"괜찮아. 암은 전염병이 아니다."

아저씨가 손을 흔들었다. 그제야 나는 손을 내밀어 아저씨의 손을 잡았다. 손을 잡으며 나는 흠칫 놀랐다. 사람의 손이 그렇게 이물감이 있을 줄 몰랐다. 마치 마른 나뭇가지 뭉치를 한꺼번에 잡았을 때처럼 느껴졌다. 그래도 다행인 것은 호흡 훈련 덕분인지 아저씨의 손에 미미한 온기가 있었다.

아저씨와 조심조심 침대 사이로 빠져나오다 팔뚝문신의 머리맡에 있는 사진을 보았다. 반명함판 사진이었다. 찍은 지 얼마 되지 않은 듯했다. 아저씨가 그중에 한 장을 들어 스며드는 새벽빛에 비쳤다.

"떡 줄 사람은 생각지도 않는데 김칫국부터 마신다고 이놈이 이렇다. 자격증에 붙인다고 뒤늦게 나가서 찍어 온 것 봐라. 그래도 깡패 티 안 내려고 웃기까지 했네."

정말 사진 속의 팔뚝문신은 입꼬리를 살짝 들어 올리며 웃고 있었다. 머리도 단정하게 넘겨 사진으로 보면 평범한 직장인 같았다. 나는 사진 속의 팔뚝문신과 침대에서 자는 팔뚝문신의 얼굴을 번갈아 바라보았다. 전혀 딴사람이었다. 그런데 침대에서 입을 반쯤 벌리고 자는 팔뚝문신의 얼굴을 더 오래도록 쳐다보게 되었다.

새벽안개가 가득했다. 아저씨와 나는 천천히 안갯길을 걸어갔다. 멀리 실습장이 보였다. 실습장의 하늘에도 안개가 한가득이었다.

위이이잉!

두꺼운 안개를 누비며 드론 한 대가 날고 있었다. 일정한 시간으로 나타나는 드론의 불빛 신호가 안개와 부딪쳐 번갯불이 튀는 듯했다. 분명 어딘가에 조종기를 든 사람이 있을 터인데 안개에 가려 보이지 않았다. 비행 기술로 보아 원장이 틀림없었다.

스튜어디스로 하늘을 누비다가 사고로 비행기를 타지 못했다고 했다. 애영 누나가 알려 준 원장의 과거였다. 지금 원장은 비행기를 타는 사람이 아니라 자신이 비행기가 되어 하늘을 날고 있는지 몰랐다.

"빨리 드론을 날려 보고 싶다."

아저씨가 말했다. 나도 똑같은 마음이었다. 아저씨가 먼저 두 손을 모으고 조종기를 잡는 자세를 취했다. 나도 그 옆에 나란히 서서 똑같이 자세를 취했다.

상승 비행, 삼각 비행, 전진, 좌로 회전, 호버링.

현재 공중을 질주하는 드론의 비행을 따라가지 못하고 있지만 아저씨와 나는 시뮬레이션 연습으로 익힌 비행술을 응용해 드론을 날리기 시작했다. 그러자 어느 순간 진짜 드론을 조종하는 듯한 착각에 빠져들었다. 날씨가 서늘한데도 이마에 땀이 송골송골 맺혔다.

한참 동안 공중을 누비던 드론이 안개가 단단히 뭉친 교육동 앞으로 사라졌다. 원장이 드론을 불러들여 착륙시킨 듯했다. 나도 스로틀 레버를 아래로 당겨 서서히 기체를 하강시키며 랜딩 기어를 펼쳤다. 그리고 일정한 높이에서 착륙장을 확인하기 위해 잠시 호버링을 했다.

"착륙장 이상 무!"

내가 신호를 보냈다. 아저씨와 나는 기체를 안정적으로 착륙시켰다. 이착륙 시뮬레이션 게임으로 익힌 실력을 유감없이 활용했다.

나는 아저씨를 향해 손을 내밀었다. 아저씨가 내 손바닥을 자신의 손바닥으로 쳐 올렸다. 아저씨와 나는 그렇게 성공적인 비행을 자축했다.

"내 나이 마흔여섯이다. 나도 너만 한 아들이 있어."

아저씨의 말에 나는 깜짝 놀랐다. 팔뚝문신이 영감이라고 놀렸듯이 아저씨의 모습은 예순을 훨씬 넘긴 듯 보였다. 마흔여섯이면 우리 아빠보다 두 살이나 적은 나이였다.

"아빠는 잘 계시지?"

아저씨가 물었다.

"그, 그냥요."

그렇다. 그냥이라고 대답할 수밖에 없었다. 몸이 아픈 아저씨와 사업 실패로 산속에 들어간 아빠는 거기서 거기였다. 다만 아저씨가 여기 이렇게 잘 있는 것처럼 아빠도 거기 산속에 잘 있는 것이라고 믿고 싶었다.

"몸은 힘들지만 요즘 나는 가장 행복하다. 내가 해 보고 싶은 걸 하고 있으니 말이다."

아저씨가 말했다.

'아빠, 아빠도 거기에서 지금 이 아저씨와 똑같은 마음이에요?'

나는 마음속으로 아빠에게 물었다. 아빠의 대답이 들리지 않았다. 아무래도 이번 토요일 필기시험을 마치고 아빠를 찾아가서 물어봐야겠다.

13. 한판 뜨다

셔틀버스를 타고 시험장으로 이동 중이다. 필기시험을 치는 날이다. 며칠 동안 팔뚝문신은 잠도 안 자고 무섭게 시험공부에 파고들었다. 그만큼 나도 시달려야 해서 고통스러웠다.

"아, 씨발! 왜 이렇게 땀이 나냐. 한판 뜰 때도 이러지 않았는데 말야."

팔뚝문신이 엄살을 떠는 것 같지 않았다. 팔뚝문신의 얼굴에 땀이 줄줄 흘렀다. 이미 온몸도 흥건히 젖었는지 땀 냄새가 시큼했다.

"다른 사람이 보면 무슨 고시라도 보러 가는 줄 알겠네. 흘흘흘."

전직 치킨 배달원 형이 역시나 고개를 의자 아래로 처박고 간식을 먹으며 중얼거렸다.

"뭐야? 이 자식이 정말? 너, 시험 끝나고 죽을 줄 알아."

팔뚝문신이 몸을 돌려 팔을 내질렀지만 닿지 않았다. 형은 그것까지 계산한 듯 태연하게 간식 먹기에 열중했다.

"그냥 배운 대로 편하게 하세요. 운전면허 시험처럼 생각하세요. 그래도 한 사람도 빠짐없이 다 필기시험을 볼 수 있어서 좋아요."

원장이 교육생들을 둘러보며 말했다.

"야, 비행 금지 구역 있잖아. 원자력 발전소 어디 어디지?"

팔뚝문신이 물었다.

"고리, 월성, 한빛, 한울요. 그 외에 청와대 주변과 대전 원자력 발전소도 금지구역이에요."

내가 얼른 대답해 주었다.

"아, 알았다. 알았어. 그건 꼭 나오는 거지?"

팔뚝문신이 조바심을 냈다. 다른 교육생들도 걱정이 되는지 입을 꾹 다물고 마지막 복습을 하고 있었다. 버스 안은 긴장감으로 팽팽하게 채워졌다.

"시험 끝나면 모두들 집으로 돌아가셨다가 일요일 저녁에 복귀하시는 거예요."

원장이 말했다. 나도 몇 가지 빨랫거리를 챙겨 가지고 나왔다. 그러나 여차하면 다시 기숙사에 들어가려고 생각 중이었다. 식사만 지급되지 않을 뿐 숙소는 휴일에도 개방한다. 어차피 일주일만 더 버티면 교육이 끝난다.

당초 드론 교육원에 입교할 때 집이나 학교 그리고 친구들과도 가급적 연락을 안 하기로 결심했다. 그리고 그 결심을 거의 지키고 있다. 엄마도 입교 이틀째까지 몇 번 전화를 하더니 잠잠했다. 그래도 누나라면서 민지가 매일매일 사무실로 전화를 해 나의 안부를 묻는다는 것이었다. 의외였다.

드디어 시험장에 도착했다. 우리 일행 외에도 각지의 드론 교육원에서 교육생들이 몰려들었다. 우리 일행 못지않게 나이며 성별 그리고 차림새까지 각양각색 제멋대로였다.

팔뚝문신은 어울리지 않게 손톱까지 물어뜯으며 불안해했다.

"공부한 대로만 하면 돼요. 절대 어렵지 않아요."

보다 못한 원장이 말했다.

"에이, 한판 뜨세요. 이까짓 것이 뭐라고."

나는 팔뚝문신을 향해 복싱 자세를 취하며 스트레이트를 몇 번 날렸다. 그제야 팔뚝문신도 긴장을 풀고 어깨 돌리기를 하더니 가슴을 쫙 폈다.

"열 놈하고도 붙었는데 뭘. 그중 일곱 놈만 때려잡으면 되지."

팔뚝문신이 자신감을 보였다. 어디를 가서도 놀던 습관은 못 버리나 보다. 70점을 넘으면 합격이라니까 들은 것은 있어서 일곱 놈만 때려눕힌단다. 나는 새어나오는 웃음을 억지로 참았다.

순서에 따라 본인 확인 절차를 마치고 각자 지정된 컴퓨터에 앉았다. 시험 시작이다. 40문제에 시험시간은 50분이다. 공부한 것

중에서 교관이 찍어 준 문제들이 대부분 출제되었다. 비틀거나 돌려서 머리를 쓰게 하는 문제들이 별로 없었다. 팔뚝문신도 내가 강조한 부분만 정확히 기억한다면 70점은 넉넉하게 나올 듯했다. 특히 셔틀버스 안에서 팔뚝문신이 물었던 비행 금지 구역이 문제로 나와 반가웠다. 일단 안심이었다.

문제를 다 푸는 데 20분도 걸리지 않았다. 28문제만 맞히면 합격이다. 정답이 확실한 것만 계산해도 35문제니까 87.5점이었다. 나는 답안 제출을 하고 점수를 확인했다. 놀랍게도 92.5점이 나와 합격이었다. 37문제를 맞혔다는 얘기다. 이것은 내 인생에서 최대의 기적에 가까웠다.

시험장을 빠져나오고도 진정이 되지 않았다. 가슴이 떨리더니 두 손까지 흔들렸다. 드디어 시험이 끝났다. 나는 참지 못하고 시험장으로 뛰어갔다. 팔뚝문신이 느릿느릿 자리에서 일어서고 있었다.

"어떻게 됐어요? 잘 보셨어요?"

나는 급한 마음에 팔뚝문신의 손을 덥석 잡고 물었다.

"뭐, 공부도 별것 아니구만. 하니까 되는구만. 슬슬해도 75점은 나오는구만."

팔뚝문신이 목을 휘휘 돌리며 거만하게 거들먹거렸다.

"잘되었네요. 정말 잘되었네요. 축하드려요."

나는 진심으로 말했다. 그러나 팔뚝문신은 끝까지 나에게 고맙다는 말을 안 했다.

인간이라면 그러면 안 되는 거다. 며칠 동안 앵무새가 되어 입에 침이 마르도록 가르쳤고 말도 안 되는 질문에 수시로 답을 해야 했다. 그 덕에 나도 완벽하게 복습을 하게 되었지만 서운한 것은 서운한 것이었다.

조폭들이 입에 달고 사는 의리라는 것이 내가 생각하는 의리하고는 아주 다른 듯했다. 그러나 팔뚝문신이 시험을 망쳐 미쳐서 날뛰는 것보다는 나았다.

팔뚝문신이 어깨를 흔들며 먼저 떠났다. 이어 다른 교육생들도 손을 흔들며 제 갈 길을 갔다. 애영 누나만 간신히 70점을 맞아 위험했지만 다행히 모두 필기시험에 합격했다.

– 우리 강철이 시험 잘 봤니?

문자가 온 줄도 몰랐다. 시간을 보려고 휴대 전화를 꺼내 보니 '오주여!'에게서 문자가 왔다. 문자를 보자 두 눈에 눈물이 쿨렁 솟구쳤다. 나는 얼른 통화 버튼을 눌렀다.

"호홋! 시험 보는 것 어떻게 알았냐고? 내가 미리 드론 교육원에 알아봤지. 매일매일 드론 교육원에 우리 강철이 교육 잘 받고 있나 확인했거든. 누나라고 하면서 말야. 호홋! 합격이지?"

그러면 그렇지다. 민지가 절대 그럴 리 없었다. 매일매일 사무실로 전화를 한 누나는 민지가 아니라 주여였다.

주여, 진짜 나의 '오, 주여!'다. 그동안 몇 번 주여에게 연락을 할까 하다가 꾹 참았다. 참기를 잘했다.

"응, 잘 봤어요."

나는 울컥해진 마음을 다독이며 태연한 척하려고 애를 썼다. 주여가 몹시 보고 싶기도 해서다.

"이제 일주일 남았지? 마지막 실기시험까지 잘 보고 와. 우리 강철이 내가 마구마구 예뻐해 줄게. 알았지? 나도 인턴사원 오리엔테이션 왔거든. 다음 주에는 꼭 보자."

주여가 서둘러 전화를 끊었다. 주변이 시끄러운 것을 보니 한창 오리엔테이션이 진행 중인가 보았다.

나는 휴대 전화로 위치 검색을 했다. 시험을 본 이곳에서 아빠가 있는 그곳까지의 경로를 재빠르게 탐색했다. 집에서 출발하는 것보다 한 시간이 덜 걸렸다. 다행히 버스가 경유하는 곳이기도 했다. 버스 시간만 제대로 맞춘다면 해가 지기 전에 아빠가 있는 산속으로 무사히 들어갈 수 있을 듯했다.

마음이 바빠진 나는 간이 정류장까지 가기 위해 택시를 잡았다. 내비게이션상으로 10분 거리지만 버스 어플로 확인해 보니 10분 이내에 버스가 도착한다고 했다. 그 버스를 놓치면 한 시간 반을 기다려야 한다. 나는 택시 앞자리에 앉았다.

간이 정류장에 거의 도착하니 버스가 막 떠나고 있었다.

"아저씨, 저 버스 타야 돼요. 빨리요."

다행히 택시 기사가 버스를 앞지르며 경음기를 울렸다. 그래도 버스가 서지 않았다. 나는 앞지른 택시 속에서 차창 밖으로 손을 내밀어 뒤에 따르는 버스를 향해 손짓을 했다. 버스가 번쩍 하고 상향등을 켜더니 멈추었다. 나는 재빨리 요금 미터기를 확인하고 택시비를 지불했다.

"고맙습니다!"

나는 버스에 오르면서 허리를 깊이 숙여 인사를 했다. 몇몇의 승객이 정류장도 아닌데 섰다고 투덜거렸다. 나는 그쪽을 향해 다시 인사를 했다. 그랬더니 소란이 가라앉았다. 의자를 찾아 앉자 온몸에 땀이 쭉 흘렀다.

"휘휴!"

나는 한숨을 몰아쉬었다. 버스가 달린다. 그제야 아빠를 찾아간다는 실감이 들었다. 팔뚝문신 때문에 며칠 잠을 설쳤다. 연거푸 하품이 터지더니 참으려 해도 졸음이 쏟아졌다. 나는 점점 깊은 잠 속으로 빠져들어 갔다.

두 시간을 꼬박 잔 듯했다. 눈이 떠진 곳은 신기하게 버스 터미널이었다. 바로 여기서 주여를 처음 만났다. 그렇다면 주여의 집이 이곳 어디라는 것이었다. 이제까지 그 생각을 하지 못했던 내가 바보 같았다. 어쩐지 버스 터미널이 낯익어 정겨웠다. 처음 아빠를 찾아가기 위해 한밤중에 내렸던 그때의 느낌하고는 사뭇 달랐다. 다 주여 때문이었다. 나는 익숙하게 무량사행 버스를 탔다.

무량사에는 사람들이 들끓었다. 그사이 나무들도 단풍이 짙게 들어 울긋불긋한 사람들의 옷차림과 한데 어우러졌다. 나무들에게 둘러싸인 무량사는 사람들의 움직임에 따라 통째로 움직이는 듯했다. 나만 외따로 떨어져 움직이지 못하고 있었다.

아빠의 서식지로 가는 길은 두 가지였다. 하나는 해우소를 돌아 새벽이슬을 발로 차며 지각 스님과 오르던 길이었고, 또 하나는 아빠와 함께 야생동물처럼 온갖 잡목을 헤치며 내려온 산신각 쪽 길이었다.

"민철아, 길이란 내는 것이 아니라 이렇게 찾아야 되는 거다."

문득 아빠가 한 말이 생각났다. 사실 아빠의 그 말에 다시는 집중강화반에 들어가지 않겠다고 결심했고 드론 교육을 받겠다고 마음을 굳힌 것이었다.

나는 아빠와 내려왔던 그 길을 이제는 혼자 찾아보기로 마음먹었다. 산신각 댓돌 위에 하얀 고무신 한 켤레가 닫힌 문을 향해 가지런히 놓여 있었다. 지각 스님일지도 모른다. 나는 신기 좋게 고무신 코를 바깥쪽으로 돌려놓고 나서 두 손을 모았다.

"나무관세음보살!"

지각 스님이 뒤늦게라도 내가 인사한 것을 알 듯했다.

나는 애써 기억을 더듬으려 하지 않았다. 느낌에 기대 방향을 잡았고, 곧바로 가다가 막히면 돌았고, 돌다가 걸리면 피해 갔다. 나무든 풀이든 바위든 정면으로 부딪치지 않으려 했다. 아빠가 길을 찾던 그대로였다.

처음에는 걸리는 것에 휘둘려 정신이 하나도 없었다. 나뭇가지에 옆구리를 찔리고 가시넝쿨에 볼을 긁혔다. 작은 바스락거림에도 깜짝 놀라 머리칼을 쭈뼛 세웠다. 눈도 침침하고 귀도 꽉 막히고 입에도 침이 말라 감각이 없었다.

그러나 얼마쯤 걸어가자 바람을 느꼈다. 바람 속에서 산의 모든 움직임이 들렸다. 나는 그 속에 섞이려 조심조심 걸음을 디뎌 나갔다. 그러자 길이 보였다. 길을 찾을 수 있게 되었다.

한 시간 이상 산속에 묻혔나 보다. 물줄기 하나를 잡았다. 방향으로 미뤄 아빠의 서식지를 지류로 하는 물줄기였다. 그 물줄기 중간쯤 버들치에게 아침밥을 주던 작은 여울이 있을 것이다. 바로 아빠의 서식지다.

나는 여유를 찾고 물줄기에서 두 손 가득 물을 퍼 올려 달게 마셨다. 온몸이 서늘해지면서 입에 감각이 돌아왔다. 이제 이쯤에서 아빠를 불러도 좋을 것 같았다.

"아빠!"

나는 손나팔을 만들어 물줄기의 상류를 향해 소리쳤다. 깊은 산기슭이 메아리조차 던져 주지 않고 깔끔하게 소리를 빨아들였다.

"아빠! 아빠! 아빠!"

얼마 만에 목청껏 부르는 호칭인지 모른다. 눈물까지 쏟아져 오로지 아빠를 부르는 데에만 집중을 할 수 있어 좋았다.

"거기, 누구냐?"

내 부름이 드디어 아빠에게 닿았다.

"민철이냐? 민철이구나? 어디냐? 민철아!"

아빠가 나보다 더 나를 찾았다. 아빠가 부르는 소리가 온 산을 쩌렁쩌렁하게 흔들었다. 산은 온몸으로 아빠의 부름을 도왔다. 산은 그렇게 돕고도 모자란지 메아리를 불러들여 오랫동안 내 이름을 호명했다.

"민철아아~~."

나는 산짐승처럼 조심스럽게 다가온 아빠를 와락 끌어안았다. 아빠의 몸에서 마른풀 냄새가 풍겼다.

"어, 어떻게 여길……."

아빠는 믿어지지 않는다는 듯 달라붙은 나를 떼어내 다시 한번 확인했다. 확인을 하고 나라는 것을 알자 이번에는 아빠가 나를 끌어안았다.

"잘 왔다. 잘 찾아왔다."

아빠가 내 뒤로 돌렸던 팔로 등을 팡팡 두드려 주었다. 내 몸에서 북소리가 났다. 어쩐지 몸속에 쌓였던 모든 답답한 것들이 북소리와 함께 떨어져 나가는 듯했다.

아빠는 어린 산짐승인 양 나를 서식지로 조심스럽게 몰고 갔다.

"아빠가 주신 돈으로 드론 교육을 신청해 교육받고 있어요. 죄송한데 민지에게는 나눠 주지 못했어요. 오늘 필기시험을 봐서 합격

했고요, 다음 주에는 실기시험이에요. 초경량 비행장치 조종자가 되는 거라고요."

"그랬니? 아주 잘했다."

"그리고 학생 할인을 받은 20만 원은 친한 친구에게 주었어요. 엄마가 아픈데 돈이 없어서 약을 사지 못하더라고요. 그러니까 아빠가 주신 돈을 좋은 약처럼 쓴 것이 맞지요?"

"그랬니? 아주 잘했다."

아빠가 입가에 웃음을 짓고 머리까지 끄덕이며 칭찬했다.

"그리고요, 같은 방을 쓰는 아저씨가 있는데 세 번이나 암 수술을 받았대요. 아빠보다 두 살이나 나이가 적어요. 파일럿이 꿈이었는데 그 꿈을 이루지 못해 대신 드론을 배우고 싶어 왔대요."

아저씨는 몸은 힘들지만 요즘 가장 행복하다고 했다. 아저씨가 해 보고 싶었던 일을 하고 있으니까 말이다. 그 말을 듣고 나도 아빠에게 꼭 물어보고 싶은 것이 있었다. 그래서 아빠를 찾아온 것이었다.

"아빠도 지금이 가장 행복하세요?"

나는 아빠에게 물었다.

"그래, 행복하고말고. 그 아저씨의 마음이 아빠 마음일 거다."

아빠가 망설이지 않고 즉시 대답했다. 그러면 된 거다. 가끔 아빠에 대한 미움도 생겼었는데 아빠가 행복하다면 다 지울 수 있을 것 같았다.

"호잇! 허잇!"

나는 건너편 산기슭을 향해 소리쳤다. 아빠가 참매를 부르던 소리였다. 참매가 내 부름을 듣고 날아올 리는 없었다.

'헉, 소름. 아빠 목소리랑 똑같네.'

중학교 2학년 무렵 변성기가 오자, 민지가 얼굴을 찡그리며 했던 말이다. 문득 그 생각이 나서 혹시나 하고 불러 본 것이었다.

"불러도 다시는 안 올 거다. 우리 민철이가 이제 길을 찾은 것처럼 그 녀석도 제 길을 찾아서 벌써 떠났거든."

아빠의 말에 눈물이 나와 얼른 머리를 돌렸다. 아빠도 그런 나를 틀림없이 보았을 것이다. 아빠가 참매가 매끄럽게 날아와 앉았던 오른손 팔뚝을 왼손으로 툭툭 털었다. 그 녀석의 흔적을 깨끗이 지워 버리는 것처럼 말이다.

14. 드론의 장례식

　실기 비행 교육이 시작되었다. 실기 비행용 드론을 마주하자 교육생들은 겁에 질렸다. 일단 크기부터 어마어마했다. 기체 무게도 12.5킬로그램 이상이고 엔진 소리도 공포감을 주기에 충분했다.

　"자, 크기만 그렇지 시뮬레이션 연습 비행보다 훨씬 조종하기가 쉬울 겁니다. GPS 수신기는 물론 가속도 센서와 자이로 센서가 갖춰져 있어 안정적인 비행을 할 수 있는 최고의 기종입니다. 다만, 교관의 설명과 지시 없이 임의 조종으로 대형 사고가 발생하면 조종자 본인의 책임이니 각별히 주의해 주시기 바랍니다. 만약 교관의 지시와 명령에 불응할 시 비행 교육에서 제외됩니다. 아셨습니까?"

　처음 보는 교관이 빨간 안전모를 쓰고 절도 있게 말했다. 교관의 말과 행동도 그 자체가 공포였다.

"네!"

교육생들이 잔뜩 긴장하며 큰 소리로 대답했다.

"무슨 조폭도 아니고……."

팔뚝문신이 그냥 넘어갈 리 없었다. 팔뚝문신은 필기시험에 합격해 기세가 하늘을 찌를 듯했다.

"그쪽 교육생! 지금 뭐라고 하셨습니까?"

교관이 손가락으로 팔뚝문신을 가리키며 소리를 빽 질렀다.

"교관님이 조폭 같다고 했습니다."

팔뚝문신이 소리쳤다. 교관이 그런 팔뚝문신을 훑어보고 웃음을 참느라 입을 삐죽이더니 기어이 웃음을 터뜨렸다. 그 바람에 딱딱하던 분위기가 풀렸다.

장주 이착륙, 공중 조작, 지표 부근 조작, 비정상 및 비상 절차까지 모두 20시간의 비행 시간을 이수해야 실기시험에 응시할 수 있었다. 원장과 이론 교육 교관, 또 다른 교관이 교육생을 다섯 명씩 맡았다. 실기시험까지 밀착 교육이었다.

악연이다. 나는 팔뚝문신과 또 한 조가 되었다. 그나마 원장이 우리 조의 교관이라는 것이 다행이었다.

"야, 고삘! 걱정 마. 내가 이건 자신 있다. 모르면 내게 물어봐라. 컴퓨터 게임으로 다져진 손이다."

팔뚝문신의 손은 딱 봐도 싸움질로 다져진 손이다. 팔뚝문신이 열 손가락을 활짝 펴 흔들어 댔다. 거대한 괴생명체 하나가 출몰한 듯했다.

거기에 또 팔뚝문신은 민소매 티셔츠를 입었다. 차마 눈 뜨고 볼 수 없을 정도였다. 코브라 두 마리가 입을 딱 벌리고 팔뚝문신의 두 팔이 되어 꿈틀거렸다.

"먹구 씨는 원주 비행이 약해요. 손에 힘을 빼지 않으면 안 돼요. 그러다가 기체를 추락시킬 수 있다는 말이에요. 기체의 앞뒤 구분부터 다시 하세요."

원장이 시범용 기체를 급상승시키며 말했다. 말은 침착하고 평이했지만 원장의 심기가 최고로 불편하다는 뜻이다. 원장은 모든 불만을 목소리가 아닌 시범용 기체로 표현했다. 팔뚝문신의 이름이 먹구였다.

'흐흣!'

나는 웃음이 터져 나오려고 해 간신히 참았다. 무슨 강아지 이름도 아니고 먹구라니……. 팔뚝문신은 이름도 참 생긴 대로였다. 아니, 이름대로 생긴 것이었다.

'고민철 하면 어쩐지 고민이 많은 불량 특성 같잖아. 고강철 하면 단단하고 멋진 모범 특성 같고 말야. 그러니까 네 이름에서 '민' 자를 '강' 자로 바꾸자.'

문득 주여의 말이 생각났다. 주여가 즉각 내 이름을 바꿔 강철이라고 불렀다. 거기에 '우리 강철이'라고까지 했다. 드론 교육원에 들어오기 직전이었다.

"민철 학생은 에일러론은 익숙한데 러더는 아직 서툴러요. 좌우가 가끔 섞여 기체가 정신을 차리지 못하잖아요."

팔뚝문신에 대한 불똥이 결국 나에게 튀었다. 나는 주여가 바꿔 준 이름, 고강철이 아니라 고민철이 되어 버렸다. 불량 특성 말이다.

원장이 시범용 기체를 45도 좌로 기울여 수평비행을 했다. 하나도 마음에 안 든다는 표시였다.

나도 원장의 지적에 공감하는 바다. 기체의 좌우 이동은 정확하고 빠른데 제자리 좌회전 우회전이 자꾸 헷갈렸다. 기체의 비행에 따라 머리를 회전시키면서 입까지 돌리는 이상한 버릇이 있었다. 신경을 쓴다고 쓰는데도 번번이 실수를 했다.

생각 외로 애영 누나는 조종기를 들면 신의 손이 되었다. 원장이 시범을 보이면 한 치의 오차도 없이 척척 따라 했다. 삼각 비행에서는 오히려 원장의 시범 비행보다 모서리를 더 예리하게 만들어 내서 박수까지 받았다.

저녁이 되어 모두 방에 모이면 자연스럽게 실기시험 걱정을 토해 냈다.

"나는 잘 날리는데 시험 공식을 자꾸 까먹는단 말이야."

전직 치킨 배달원 형이 종이에 실기시험 절차를 순서대로 적어 가며 주먹으로 머리를 쥐어박았다. 막상 조종기를 들면 다 잊어버린다는 것이었다.

"처먹을 게 없어서 시험 공식을 까 처먹냐? 하여간에 먹을 것 밝히는 놈치고 머리 좋은 놈 하나도 없어."

팔뚝문신이 형을 씹어 댔다. 그러거나 말거나. 형은 철저한 무반응으로 팔뚝문신을 대했다. 어찌 보면 팔뚝문신보다 형이 한 수 위였다.

"야, 고삘!"

형이 반응을 보이지 않자 팔뚝문신이 내게 화살을 돌렸다. 나도 이제 어느 정도 적응이 되어 겁이 나지 않았다. 특히 팔뚝문신의 이름이 먹구라는 사실을 알고 나서 눈을 마주치면 웃음부터 나왔다.

"너는 어째 나이도 어린 놈이 감각이 젬병이냐. 착륙시킬 때 H 자에 딱딱 맞추지도 못하고 삐딱하게 대느냐 말이다."

말도 안 되는 트집이었다. 어찌 되었든 시뮬레이션 연습에서는 번번이 빗나갔지만 실제 비행에서는 한 번도 착륙장을 벗어나지 않았다.

팔뚝문신과 형 그리고 나는 아저씨에 대한 말은 약속이나 한 듯 서로 눈치를 보며 피하고 있었다. 이번에 실기 비행 교육에 처음 투입된 교관이 아저씨의 담당 교관이었다. 첫날부터 교관은 사색이 되어 혀를 내둘렀다.

아저씨는 조종기를 잡으면 높이 그리고 멀리만 날리려고 한다는 것이었다. 실습장을 나눠 각 조마다 비행 연습을 하다가 몇 번이나 다급한 호루라기 소리를 들었다. 당연히 아저씨를 담당한 교관이 부는 것이었다. 그때마다 드론 한 대가 점이 될 때까지 멀리 날아가고 있었다.

"많이 아프세요?"

나는 아저씨에게 물었다. 아저씨는 저녁밥도 먹지 않고 일찌감치 방으로 들어와 누워 있었다.

"몸도 시원찮으면서 뭐 하러 자격증을 따려고 그러는지……. 그러다 죽어요."

팔뚝문신이 조심스럽게 말했다. 그래도 아저씨는 침대에 누워 꼼짝하지 않았다. 형이 양해도 구하지 않고 방 불을 껐다. 아저씨를 위해서다. 다른 때 같으면 팔뚝문신이 형을 구박했겠지만 조용했다. 잠시 방 안에 침묵이 흘렀다.

창문으로 달빛이 조용히 비춰 들고 있었다. 달빛이 이상하게 나를 건너뛰어 아저씨가 누워 있는 침대 쪽으로 깊이 들었다. 달빛을 받은 침대와 아저씨의 몸이 은은하게 빛났다. 나는 몸을 옆으로 돌려 그런 달빛을 한참 동안 바라보았다. 아니, 달빛에 풀어지는 아저씨의 몸을 보았다.

"내가 자격증을 따서 뭐에 쓰려고……. 그냥 내 마음대로 실컷 좀 날리게 해 줘."

오늘 낮만 해도 아저씨는 조종기를 뺏는 교관에게 그렇게 소리

쳤다. 보다 못한 원장이 교육시간 이후에 별도 과외를 해 주기로
했다.

일과 시간 이후, 드론을 날리는 아저씨를 멀리서 지켜보았다. 해
가 뉘엿뉘엿 지는 저녁 무렵이었다. 드론 한 대가 수직상승하여 하
늘로 치솟더니 지는 해를 향해 전속력으로 날아갔다. 원장이 지켜
보고 있었지만 아무 소리도 안 했다. 조종기를 잡은 아저씨의 모습
이 어느 순간 어둠에 묻혀 버렸고, 드론이 다시 되돌아왔는지 어쨌
는지 나는 확인을 하지 못했다.

"후우우!"

아저씨가 힘없이 숨을 몰아쉬었다.

종일 바깥에서 비행 연습을 한 탓에 모두들 죽은 듯이 곯아떨어
졌다. 팔뚝문신이 뭐라고 외치는 소리에 놀라서 잠이 깼을 때는 한밤
중이었다. 잘 떠지지 않는 눈을 마구 비벼 겨우 정신을 차렸을 때
팔뚝문신이 아저씨를 들쳐 업고 방을 나서고 있었다.

삐오삐오삐오, 에옹에옹!

곧이어 119구조대가 도착했다. 잠을 자던 모든 교육생들이 밖으
로 뛰쳐나왔다. 팔뚝문신이 아저씨와 함께 구급차를 타고 떠났다.

"자, 괜찮으실 겁니다. 원장님이 같이 가셨으니까 걱정 마시고
요. 어서 들어가 주무세요."

이론교육 교관이 뒷정리를 했다.

"그래, 아저씨는 그 몸으로 무리였어. 젊은 우리들도 이렇게 힘

든데 말야. 그냥 이참에 포기하고 집으로 가시는 게 좋을 거야."

나도 애영 누나와 같은 생각이었다. 그래도 드론을 날리고 싶으면 그냥 내가 그랬듯 연습용 드론파이터를 구입해 토닥토닥 날리는 편이 나을 것이다.

팔뚝문신은 아침이 되었는데도 돌아오지 않았다. 원장도 마찬가지였다. 좀 걱정이 되기는 했지만 예정대로 교육이 진행되었다. 오늘부터는 실기시험을 보듯 사전 점검과 비행 순서에 따른 집중적 교육이었다.

"배터리 장착, 기체 번호 확인……. 1번 플롭 회전 이상 무, 플롭 깨짐 이상 무, 플롭 유격 이상 무……. 기체 전원 연결, 풍속 미풍 이상 무, GPS 모드로 변환, 변환 완료, 비행 준비 완료!"

나는 사전 점검 후 조종기를 잡고 비행 순서에 맞춰 순조롭게 드론을 조종했다. 항상 신경이 쓰이던 좌우 측면 호버링을 넘기자 전진, 후진 비행도 부드러웠다. 비상 착륙 후 정상 접근 비행과 착륙도 훌륭했다. GPS 모드 전환 후 측풍 접근 비행을 시작하여 우측면 호버링을 마친 후 안전하게 착륙했다.

"와! 끝내준다."

애영 누나가 부러워했다. 애영 누나는 비상 착륙 순서를 잊어버려 곧바로 에티 모드로 들어가 정상 접근 비행에 들어가려다 교관에게 혼이 났다. 나는 원장이 없어 애영 누나 조인 다른 교관에게 실기를 배웠다. 처음부터 겁을 주던 호랑이 교관이었다.

"민철이라고 했나?"

교관이 비행 후 기체 점검 확인이 끝나자 나를 따로 불렀다. 나는 민철이라는 내 이름이 불리자 우선 겁부터 났다. 이럴 줄 알았으면 드론 교육원에 들어오자마자 주여가 바꿔 준 강철이라는 이름을 쓸 것을 그랬다.

"드론 처음 만지는 것 아니지?"

교관이 말했다. 처음 만지는 것은 아니지만 그렇다고 만져 봤다고 할 수 없었다. 드론파이터는 열 번도 못 날리고 잃어버렸다. 그리고 연습용 드론파이터는 실기시험용 드론에 비하면 유치한 장난감이었다.

"처음입니다."

"그래?"

교관이 놀라워했다.

"처음인데 그 정도라니 너는 끝까지 드론을 날려야겠다. 아직 학생이니까 계속 이쪽 방면으로 가도 좋겠다. 대학도 드론학과가 있으니까 말야."

칭찬이었다. 나는 어리둥절했다. 사실 자격증을 취득하면 금방 관련 분야에 취직될 줄 아는 교육생들이 몇 있었다. 새 직업을 갖기 위해 드론 교육원에 들어온 사람들이었다.

'최소한 5년은 노력해야 직업으로 삼을 수 있습니다. 드론뿐만 아니라 모든 분야가 다 그렇지요.'

교관이 이렇게 말해도 그 사람들은 인정하려 하지 않았다. 교관들만 해도 10년 이상 이 분야에서 경험을 쌓은 사람들이었다.

"기체를 움직이는 것은 조종기가 아냐. 조종기란 조종자의 마음을 기체로 전달해 주는 매개일 뿐이야."

교관이 나를 바라보며 어려운 말을 했다.

"······."

"민철 학생은 벌써 마음으로 기체를 움직이는 것이 보여."

교관의 칭찬이 너무 과하다. 그러나 언제부터인가 나는 내 마음과 비행하는 기체가 하나 되는 듯한 느낌을 받았다. 그런 느낌에서 벗어나면 기체가 흔들렸다. 교관이 내게 한 말이 그것인 모양이다.

교육이 끝날 무렵, 원장과 팔뚝문신이 돌아왔다.

"아, 씨발! 내가 드론 교육을 받으러 왔지, 송장 치우러 왔냐? 나는 왜 하는 일마다 재수가 없냐. 에라잇!"

팔뚝문신이 침을 탁탁 뱉더니 하늘을 향해 주먹질을 해 댔다. 송장이라니? 그러면 아저씨가 죽었다는 얘기였다. 나는 서 있지 못하고 그 자리에 풀썩 주저앉았다. 가까이 있던 사람이 죽은 것은 난생처음이었다. 그래서 더 실감이 나지 않았다.

"그래도 여기서 돌아가시지 않고 병원에서 돌아가셔서 얼마나 다행이에요. 먹구 씨가 아니었으면 큰일 날 뻔했어요. 정말 감사해요."

원장이 팔뚝문신에게 진심으로 고마워했다.

"그러면 뭘 하냐고요. 경찰 이 새끼들은 내가 영감탱이를 때려서 죽었다고 하잖아요. 아무리 내가 주먹 업계에 있었다 해도 암 환자를 때렸겠어요? 그런 머리로 경찰 짓을 하니까 나라가 이 모양인 겁니다. 암 환자까지 취직을 해 보겠다고 드론이나 배우러 오고 말입니다."

팔뚝문신이 얼굴을 벌겋게 붉히며 소리쳤다.

"아니에요. 경찰이 그냥 형식상, 절차상이라고 했잖아요. 먹구 씨는 정말 좋은 일을 하신 거예요. 유가족들도 감사하다고 했잖아요."

원장이 팔뚝문신을 달랬다.

아저씨가 죽었다는 소문이 교육생들에게 쫙 돌았다. 실기시험을 앞두고 긴장감이 감돌던 드론 교육원의 분위기가 무겁게 가라앉았다. 전직 치킨 배달원 형은 무섭다며 방을 바꿔 달라고 생떼를 썼다. 어쩔 수 없이 교관들이 나서서 우리 방에 있는 아저씨의 짐을 정리했다.

"야, 고삘! 그래도 한방을 썼는데 영감탱이 문상 안 가냐?"

팔뚝문신이 내게 말했다. 팔뚝문신과 교관들이 아저씨의 짐을 유가족에게 전달하러 간다는 것이었다.

"나 혼자 있으면 무서우니까 가지 마."

형이 나를 붙잡았다.

"가자!"

형이 그러자 팔뚝문신이 더 거칠게 나를 끌고 나갔다. 형에게 맛 좀 한번 보라는 것 같았다.

"이것 좀 가져다 아저씨 영정 앞에 놓아 주세요."

그때였다. 원장이 무엇인가를 들고 왔다. 놀랍게도 드론과 조종기였다.

"아까 먹구 씨가 그랬잖아요. 남는 드론 있으면 아저씨에게 한 대 주라고요. 저승에 가서 실컷 날리게요. 이 드론은 아저씨가 마지막으로 날리던……."

원장이 말을 맺지 못하고 울먹이며 드론을 팔뚝문신에게 건넸다. 원장이 눈물을 보이지 않으려는 듯 머리를 푹 숙이고 급히 자리를 떴다.

"나, 나는 그냥 화가 나서 한 말인데. 진짜로 이러면……."

팔뚝문신도 당황한 모양이었다.

"그 영감탱이 땡잡았네. 하하핫, 핫하하하하!"

곧이어 팔뚝문신이 원장이 가져다준 드론을 높이 들어 올리며 한바탕 웃어 젖혔다. 어쩐지 팔뚝문신의 웃음 속에는 웃음보다 바람이 더 많이 섞인 듯했다.

"야, 고삘! 내가 이걸 꼭 들어야 되겠냐? 네가 들고 가서 영감탱이한테 줘라. 저승길 갈 때 타고 가든지 몰고 가든지 하라고. 괜히 멀쩡하게 생긴 드론만 장례식을 치르게 생겼네."

팔뚝문신이 내게 드론과 조종기를 넘겼다. 드론은 매빅이라는 앙증맞은 기종이다. 매빅은 초경량 비행장치 조종자 자격증이 없어도 날릴 수 있었다. 그렇다면 무자격자 아저씨에게는 딱 맞는 드론이었다.

나는 팔뚝문신으로부터 드론을 받자 눈에 힘이 탁 풀렸다. 진즉 입술까지 깨물며 눈물을 참고 있던 터였다. 두 눈에서 흘러나온 눈물이 드론 위에 후드득 떨어졌다.

15. 내 마음의 조종기

아저씨가 빠졌지만 실기 비행 교육은 일정대로 진행되었다. 전직 치킨 배달원 형은 기어이 우리 방에서 나갔다. 하루만 참으면 되는데 나가겠다고 고집을 피워 교관들이 쓰는 숙소에서 생활하기로 한 것이다.

"형님! 왜 드론을 배우러 왔어요?"

나는 팔뚝문신에게 물었다. 넷이 쓰던 방에 팔뚝문신과 딱 둘이 남게 되자 어쩔 수 없이 호칭이 있어야 했다. 고민을 하다가 나름 가장 적당하다고 생각한 것이 '형님'이었다. 알다시피 그들 세계에서 널리 쓰는 말이라고 생각해서다.

"뭐?"

부른 사람 민망하게 팔뚝문신이 마치 처음 듣는 말인 양 깜짝 놀란 표정을 지었다. 그렇다면 일어서서 허리를 90도로 꺾으며 부를 걸 그랬나?

"야, 고삘! 형님은 무슨 형님. 그냥 선배라고 불러. 내가 나이를 더 먹었으니까 선배는 선배지."

팔뚝문신이 벌쭉 웃으며 말했다. 듣고 보니 그것이 훨씬 나을 듯했다.

"4차 산업 시대잖냐. 우리 조직 놈들도 드론으로 관리하려고 한다. 이 새끼들이 어디 가서 딴짓을 하는지 어떤지 드론을 띄워 감시하면 좋잖냐. 하핫!"

말도 안 되는 소리지만 어떻게 생각하면 팔뚝문신이니까 충분히 그럴 수도 있겠다고 생각되었다. 요즘에는 경호도 그렇고 감시도 그렇고 드론을 띄워 일하는 시대니까 말이다.

"서른일곱 살 먹도록 이룬 것이 하나도 없더라. 그래서 하나쯤 내 힘으로 무엇인가 이뤄 보고 싶어서다."

농담을 거두고 팔뚝문신이 진지하게 말했다. 밤을 새워 지독하게 필기시험 공부를 하던 팔뚝문신의 집중력이 바로 거기에서 나온 듯했다. 나는 거칠지만 솔직한 팔뚝문신이 점점 좋아지기 시작했다.

"실기시험이 끝나면 구술시험이라고 있어요. 필기시험 때 객관식으로 나온 문제를 시험관들이 물으면 직접 대답해야 하는 주관식이에요. 틈틈이 연습해 두세요."

팔뚝문신도 잘 알고 있을 것이다. 그러나 내가 자세히 설명한 이유가 있었다. 괜히 우격다짐으로 시험관과 충돌하여 시험을 망칠까 봐서였다. 내가 관찰한 바로 팔뚝문신은 사람 대하는 것을 가장 어려워했다.

"그게 걱정이란 말이다. 오늘 밤을 새워서라도 외워야 하니까. 고삘, 너는 어서 자라."

팔뚝문신이 두말하지 않고 교재를 펼쳤다. 나는 점찍어 놓은 예상 문제 몇 개를 알려 주려다 그만두었다. 지금은 팔뚝문신이 하겠다는 대로 가만 놔두는 것이 도와주는 것 같았다.

날이 밝았다. 실기시험일이다. 원래는 금요일인 어제가 실기시험일이었는데 바람이 거세고 비가 내려 하루 연기되었다. 그만큼 시간을 벌었다고 좋아하는 사람도 있었고, 지겹게 이곳에서 하루 더 있어야 된다고 투덜거리는 사람도 있었다.

긴장될 줄 알았는데 의외로 담담했다. 운 좋게도 우리 드론 교육원 연습장이 실기시험장이었다.

"조종기를 손으로 조작하지 말고 마음으로 조작하세요. 연습 때처럼 하면 우리 교육생들은 한 사람도 떨어질 사람이 없어요. 제 말을 믿으세요. 그동안 교육 과정을 이수하느라 고생 많으셨어요."

원장이 수료증을 나눠 주며 교육생들과 일일이 악수를 했다. 다른 교육생들에게는 어쨌는지 모르지만 원장은 악수를 하면서 나와 눈을 맞추고 머리까지 끄덕여 주었다. 나는 그런 원장에게 잡은 손에 힘을 꽉 주는 것으로 응답했다.

교육생들은 각자 정해진 비행 연습장 실기시험 구역으로 이동했다. 시험 장소 특성상 지금부터는 우리를 가르쳤던 교관들이 실기시험과 구술시험에 일절 관여를 못 한다.

이번에는 팔뚝문신과 내가 다른 조였다. 그리고 서로 시험 시간이 달라 어쩌면 만나지도 못하고 헤어질 것이었다. 나와 팔뚝문신은 기숙사 방을 나오면서 짐까지 챙겨 사무실에 맡겼다.

"야, 고삐, 턱 붙어서 저 하늘에서 우리 드론으로 만나자."

팔뚝문신이 하늘을 가리키며 말했다. 팔뚝문신은 오늘 단정하게 긴팔 옷을 입었다. 밤을 꼬박 새워 구술시험 준비를 하고도 기운이 넘쳐 났다.

나는 대답 대신 팔뚝문신처럼 손을 높이 들어 하늘을 가리켰다. 어제 종일 내린 비와 거친 바람에 씻겼는지 하늘이 구름 한 점 없이 푸르렀다.

문득 아저씨의 얼굴이 떠올랐다. 같이 생활할 때는 미라처럼 섬뜩한 모습이었는데 장례식장에서 보았던 아저씨의 영정 사진은 지금의 하늘처럼 맑고 푸르렀다. 다행히 아저씨를 생각하면 그 모습이 떠올랐다.

나는 우리 조에서 두 번째였다. 벌써 첫 번째 시험이 시작되어 실기시험장은 드론의 엔진 소리가 가득했다. 나는 시험관으로부터 점검표를 받아서 작성했다. 비행 전 기체 점검 후 실전 비행, 실전 비행을 마치면 비행 후 기체 점검 순이다.

드디어 나의 차례가 되었다.

"우리 강철이 파이팅!"

어디선가 주여의 목소리가 튀어나왔다. 시험 구역으로 들어가다가 깜짝 놀라 주위를 두리번거렸다. 놀랍게도 그리 멀지 않은 쥐똥나무 울타리 너머에서 주여가 두 손을 높이 올리고 공처럼 통통 튀어 오르고 있었다. 역광으로 비껴드는 햇살이 얼굴을 지워 놓았지만 주여가 틀림없었다.

호루르르!

그런 주여를 향해 시험관이 호루라기를 불어 주의를 주었다. 그래도 주여는 높이뛰기를 멈추지 않았다. 그런 주여의 모습을 보면서 나는 울컥해지려는 마음을 꽉 잡았다.

"2번 수험생 앞으로!"

시험관이 소리쳤다. 나는 숨을 크게 한 번 몰아쉬고 점검표를 들고 대기 중인 기체 앞으로 걸어갔다. 두어 번 연습 비행을 해 봤던 익숙한 기종이었다.

"배터리 장착, 기체 번호 확인……. 플롭 회전 이상 무, 플롭 깨짐 이상 무, 플롭 유격 이상 무……. 기체 전원 연결, 풍속 미풍 이상 무, GPS 모드로 변환, 변환 완료, 비행 준비 완료!"

비행 전 사전 점검이 순서대로 이상 없이 끝났다.

드디어 나는 조종기를 잡고 본격 비행 순서에 맞춰 순조롭게 드론을 조종해 나갔다. 바람이 불었지만 비행에 영향을 줄 정도는 아니었다.

항상 신경 쓰이던 좌우 측면 호버링을 넘기고 전진, 후진 비행과 장애물을 통과하는 원주 비행, 삼각 비행도 부드럽게 완수했다. 에티 모드 전환 비행도 이상이 없었고, 비상 착륙 후 정상 접근 비행과 착륙도 훌륭했다.

이어 GPS 모드 전환 후 측풍 접근 비행을 시작하여 우측면 호버링을 마친 후 지정 장소에 안전하게 착륙했다.

수험생인 내가 생각해도 조종자인 나의 마음과 기체가 한 몸처럼 움직인 완벽한 실전 비행이었다. 나는 원장이 말한 대로 마음의 조종기를 후회 없이 사용한 듯 뿌듯했다.

"기체 전원 해제, 조종기 전원 OFF, 비행 후 기체 점검 시작! 플롭 회전 이상 무, 플롭 깨짐 이상 무……. 비행 후 기체 점검 완료!"

나는 목이 터져라 소리쳤다. 아마 수험생 중 가장 목소리가 컸을 것이다. 모든 순서를 마치고 점검표를 시험관에게 넘겨주는데 그제야 손이 덜덜 떨렸다. 시험관도 만족스러운지 입가에 살며시 웃음을 지었다.

"2번 수험생은 구술시험장으로 이동!"

다리에 힘이 풀려 머뭇거리는 내게 시험관이 지시했다.

"고민철! 잘했다."

무슨 일인지 모르겠다. 실기시험장을 빠져나와 구술시험장으로 이동하는데 순우 형이 불쑥 나타났다. 구술시험까지는 아직 30분 정도의 시간 여유가 있었다.

"어? 순우 형이 여길 어떻게……."

전혀 뜻밖의 일이었다.

"야, 멋지더라. 처음부터 끝까지 다 지켜봤다. 시험은 네가 보는데 내가 떨려서 혼났다."

내 손을 덥석 잡은 순우 형의 손이 축축하게 젖어 있었다.

"아주머니가 전화를 하셨더라. 너를 빨리 잡아 오라고 말야. 시험이 오늘로 미뤄진 것도 모르시는가 보더라. 좀 전화를 하지 그랬어."

순우 형이 얼굴을 찡그렸다. 순우 형은 나의 진로 멘토로서 엄마에게 또 호출을 당한 것이었다. 당연히 엄마는 실기시험일이 바뀐 줄 모를 거다. 나는 실기시험에 집중하느라 수요일 오후부터 휴대 전화를 아예 꺼 버렸다. 팔뚝문신이 먼저 그렇게 해서 나도 따라 했던 것이다. 아저씨의 문상을 다녀온 다음 날이었다.

"이래야 마음의 조종기를 찾을 수 있을 것 같다."

팔뚝문신이 휴대 전화의 배터리를 분리하면서 이렇게 말했지만 나는 안다. 죽은 아저씨의 일로 자꾸 경찰에서 전화를 해서 그랬다는 것을 말이다. 휴대 전화를 끄고 하루 이틀은 답답하고 힘들었지만 곧 자유롭고 편했다.

"호홋! 야, 고강철! 잘했어. 아주 잘했어. 아이구, 이뻐라."

주여가 달려와 나를 끌어안고 팔짝거리더니 그것도 모자라 내 엉덩이를 툭툭 두드려 댔다. 나야 놀랄 일이 아니었지만 순우 형은 입까지 딱 벌리고 놀라워했다.

"누구?"

주여가 먼저 물었다.

"수, 순우 형이라고 왜 그전에 말했잖아요. 공기업에 다닌다는 그 선배 형요."

나는 당황하여 얼른 순우 형을 소개했다. 그런데 주여를 어떻게 순우 형에게 소개할까 고민이었다.

"아, 나 소개시켜 주려 했다는 그분? 봐, 일부러 그러지 않아도 만날 사람은 이렇게 다 만난다니까? 안녕하세요? 저는 오여주고요, 강철이 친구예요."

주여가 스스로 자신을 소개했다.

"강철이요?"

순우 형이 물었다. 주여가 부른 이름이 내 이름이 아니라서다.

"저, 구술시험 보러 가야 돼요."

일부러 자리를 피하려는 듯 보이겠지만 아니다. 그사이 3번 수험생이 실기시험을 마치고 실기시험장에서 빠져나오고 있었다. 나는 순우 형과 주여, 두 사람을 남겨 놓고 구술시험장으로 뛰었다.

"C조 2번 고민철 수험생!"

시험장에 들어가자마자 시험관이 나를 호명했다.

"실기시험이 어려웠습니까?"

숨을 헉헉대는 나에게 시험관이 물었다.

"아, 아닙니다. 아주 잘 봤습니다. 마음과 기체가 하나의 몸처럼 움직여 코스 비행을 전부 완수했습니다."

나는 겁이 나서 얼른 대답했다. 혹시라도 시험관이 실기시험을 망쳤다고 생각해 구술시험에서 불합격 처리를 할까 봐서였다.

"자, 그럼 물 좀 마시고 시작합시다."

시험관이 물병을 주었다. 나는 물 한 병을 다 마셨다.

"안전 비행을 하려면 어떻게 해야 하는지 아는 대로 대답해 보세요."

첫 번째 문제였다. 나는 비행에 앞서 풍향 체크는 물론 전후좌우 비행 방해물 존재 여부 확인, 고도 150미터 이하 가시거리를 벗어나지 말기, 거기에 비행 금지 구역까지 줄줄 대답했다. 시험관이 고개를 끄덕였다.

이후 시험관의 질문이 계속 이어졌지만 한 문제도 막힘없이 대답했다. 나는 시험관이 묻지도 않은 비행 금지 구역 운행에 따른 법적 처벌까지 곁들여 말했다.

"공부 많이 했군요. 수고하셨습니다."

시험관이 매우 만족해했다.

"합격자 발표는 오후 6시에 홈페이지에서 확인할 수 있는 것 아시지요? 이제 돌아가셔도 됩니다."

드디어 끝이다. 애영 누나가 실기시험을 마치고 구술시험장으로 들어오고 있었다. 얼굴이 밝은 것을 보니 실기시험을 잘 치른 듯했다. 다행이었다.

시험장 분위기 때문에 서로 말을 나누지 못했지만 지나치면서 잠시 손을 잡았다 놓았다. 내 손도 그렇지만 애영 누나의 손도 땀으로 미끈거렸다.

구술시험장 밖으로 나오니 바람이 제법 불었다. 나는 시원하다고 느끼고 있지만 실기시험을 보는 사람들은 걱정일 것이다. 나는 당연히 순우 형과 주여가 시험장 밖에서 기다리고 있을 줄 알았다. 그런데 아무리 찾아도 없었다. 나는 실기시험장 쪽으로 다시 거슬러 올라갔다.

"호홋! 호호호호."

주여의 웃음소리가 들렸다. 순우 형과 주여는 처음 만난 그 자리에 그대로 있었다. 마침 어깨 높이의 쥐똥나무 울타리가 벽을 이루고 있었다. 측면으로 거슬러 올라가는 쪽이라 나는 둘이 훤히 보이지만 그쪽에서는 내가 잘 보이지 않는 모양이었다.

순우 형이 무슨 말을 했는지 주여가 또 웃음을 터뜨렸다. 그렇게 주여를 웃길 재미있는 이야기를 할 순우 형이 절대 아니다. 내가 아는 순우 형은 입이 쇳덩이처럼 무겁고 꼭 할 말이 아니면 하지 않았다.

"하하하!"

정말 의외다. 순우 형이 큰 소리로 웃었다. 순우 형과 주여가 나를 발견하지 못하도록 무릎을 조금 굽혔다. 몰래 더 가까이 다가가면 순우 형과 주여가 무슨 이야기를 나누는지 엿들을 수 있을 것이었다.

가슴이 쿵쿵 뛰더니 마음이 이상하고 요상해졌다. 순우 형도 그렇지만 주여가 자꾸 내 마음을 이리저리 헤집어 놓았다.

하필 그때 전직 치킨 배달원 형이 실기시험을 마쳤는지 터덜터덜 걸어 내려오고 있었다. 형은 당연히 순우 형과 주여의 곁을 지나쳐 왔다. 그런데도 순우 형과 주여는 이야기에 빠져 형을 쳐다보지 않았다.

"나는 신경질이 나 죽겠는데 시험장에 와서 연애질이야."

형이 순우 형과 주여를 향해 투덜거렸다. 나는 도둑고양이처럼 몸을 웅크리고 있을 수 없어 몸을 세웠다.

"야, 이제 시험 보러 가냐?"

형이 나를 발견하고 물었다.

"아이, 짜증 나! 미치겠다."

형이 소리를 고래고래 질러 댔다. 순우 형과 주여가 들으라는 듯이 말이다.

"어머, 고강철! 시험 끝났어? 잘 봤어? 합격이지?"

그제야 주여가 나를 발견하고 뛰어와 물었다. 그 뒤로 순우 형이 느릿느릿 걸어왔다. 순우 형은 내가 똑똑히 들었는데도 언제 웃었느냐는 듯 전혀 표정이 없었다. 정말 엉큼하다.

"이제 집에 가자."

순우 형이 나의 진로 멘토 본분으로 돌아가 아주 침착하게 말했다. 엄마에게 부여받은 임무를 충실히 수행하려는 것이었다.

"걱정 마세요. 저 혼자 충분히 갈 수 있어요."

마음과는 달리 나는 말이 엇나갔다.

"그래요. 강철이가 무슨 어린앤가요? 여섯 시면 합격자를 발표한다니까 그때까지 우리 어디 가서 놀아요. 합격자 발표가 나면 축하 파티도 하고요."

주여가 얼굴을 발갛게 붉히며 말했다. 주여가 강철이라고 불렀어도 순우 형이 놀라지 않았다. 이미 이름에 대해서 둘이 충분히 이야기를 나눈 듯했다. 주여는 버릇처럼 순우 형의 팔을 잡고 흔들려다 얼른 손을 거뒀다.

"만약 그러다 불합격이면 어떻게 해요. 확실하지 않은 일은 미리 대비하는 것이 좋아요. 그러니까 일단 집에 갔다가 합격자 발표하면 그때 축하를 해야지요."

역시 순우 형답다. 모범생답게 결과가 확실치 않은 일에 목숨을 걸지 않겠다는 말이었다.

"호홋! 순우 오빠 말을 듣고 보니 그것도 그렇네요. 오늘 결과 보고 내일 다시 뭉치면 어때요?"

나는 내 귀를 의심했다. 주여가 순우 형을 '순우 오빠'라고 했다.

둘이 만난 지 삼십 분도 안 되었다.

커플 매니저로 이름을 날리고 있는 엄마의 유전자를 믿고 주여를, 아니 그때는 오여주였다. 오여주를 순우 형에게 소개시켜 주려고 했다. 그래서 만나자마자 순우 형에 대한 온갖 좋은 말을 다 했다. 바로 오여주에게 말이다.

"그런 순우 형, 너나 가져. 나는 너를 가질게. 호홋!"

오여주는 분명히 이렇게 거절했었다. 나의 오주여가 아니라 오여주일 때도 말이다.

그리고 오늘 주여는 쥐똥나무 울타리 밖에서 실기시험 직전인 나를 부를 때 '우리 강철이'라고 했다. 그러나 순우 형과 만나고 나서부터 '우리 강철이'가 '고강철'과 '강철이'로 바뀌었다.

"자, 어서 가자."

순우 형이 서둘렀다. 나는 앞서 가는 순우 형과 주여를 조용히 뒤따랐다. 실기시험장 위로 드론 한 대가 급상승하고 있었다. 누군가 마음 조종기를 놓친 듯했다.

마음 조종기를 놓친 것은 그 수험생뿐만이 아니었다. 나도 주여라는 기체를 움직이고 있던 마음 조종기를 순식간에 놓친 기분이었다.

16. 나에게 드론

　순우 형이 나와 주여의 표를 한꺼번에 끊었다. 나와 순우 형의 버스비는 당연히 엄마가 지불할 것이다. 그렇지만 주여의 버스비는 온전히 순우 형이 지출하는 것이었다.

　"강철이는 시험 보느라 피곤했을 테니 혼자 편하게 앉아 가."

　주여가 그렇게 말하지 않았어도 알아서 혼자 앉아 가려고 했다. 나는 순우 형과 주여를 남겨 두고 버스 뒤로 갔다. 버스 등받이 위로 순우 형의 머리만 조금 보일 뿐 주여의 머리는 폭 파묻혀 보이지 않았다.

　나는 휴대 전화를 켰다. 배터리가 50퍼센트 정도 남았지만 충전을 하지 않았다. 문자가 연달아 들어왔다. 그 바람에 배터리가 소모되어 30퍼센트로 급속히 떨어졌다. 순우 형의 머리가 보였다 사라졌다를 반복했다. 주여의 말에 온몸으로 맞장구를 치는 듯했다.

"웃겨!"

이렇게 중얼거리며 나는 혼자 삐죽거렸다. 달리 그 말밖에 할 말이 없었다. 순우 형도 웃기고 주여도 웃겼다. 어찌 되었건 나를 찾아왔으면 나를 중심으로 삼아야 한다. 그것이 예의다. 그런데 두 사람은 그 중심을 밀어내고 엉뚱한 짓에 정신이 팔려 있었다.

갑자기 배가 푹 파이는 듯한 극심한 배고픔이 몰려왔다. 생각해 보니 점심시간이 훨씬 넘었다. 나는 배를 움켜쥐고 몸을 숙였다. 차라리 배고픔을 핑계로 순우 형과 주여를 안 보는 것이 나았다.

합격자 발표까지는 아직 네 시간이나 남았다. 당연히 합격은 하겠지만 혹시 하나라도 잘못되어 불합격한다면……. 확실하지 않은 일은 미리 대비하는 것이 좋다는 순우 형의 말이 자꾸 떠올랐다. 불합격을 염두에 두고 대비한다는 뜻이다. 내게는 최악의 악담이다. 순우 형이 진짜 나의 진로 멘토라면 그렇게 말하면 안 되는 거다.

나는 불길한 예감을 떨쳐 버리기 위해 문자를 확인했다. 엄마, 오주여, 순우 형, 성진이, 우혁이, 담임 그리고 커터칼까지 문자를 보냈다. 그 많은 문자 목록 중에서 커터칼의 문자가 제일 신경이 쓰였다.

– 고민철이, 나 이도구 샘이다. 내가…….

문자 목록에서 미리보기는 거기까지다. MMS 긴 문자 표시인 것을 보니 구구절절 변명을 늘어놓은 것이 분명했다. 그래도 자신의 본명인 '이도구'를 밝힌 것을 보니 최대한 감정을 억제한 듯했다. 부질없다. 나는 해당 문자를 길게 눌러 삭제해 버렸다. 그리고 나머지 문자들도 다 삭제하려고 할 때였다.

드르륵!

휴대 전화가 몸을 떨어 댔다. '이기적인 년'이라고 떴다. 난데없는 민지의 문자였다.

"웃겨! 뭔 일?"

빈정대고 무시했는데도 신경이 쓰였다. 민지가 문자를 보낼 일이 없기 때문이었다. 나는 따끈따끈한 민지의 문자를 꾹 눌렀다.

– 합격 축하! 너를 기절시키려고 큰 선물 준비했다. 얼른 와라.

시험만 보면 1등을 하고 무슨 대회에 나갔다 하면 덜컥덜컥 상을 받아 오는 민지다. 민지는 자기 기준에 맞춰 내가 당연히 합격했다고 믿고 있었다.

'그래, 순우 형보다 핏줄이 낫긴 낫다.'

순우 형에게 서운했던 마음이 민지의 문자로 하여 조금 위로가 되었다. 그러나 기절할 정도의 큰 선물은 아예 기대하지 않기로 했다. 내 휴대 전화 연락처에는 민지라는 이름 대신 '이기적인 년'이라고 등록되어 있으니 말이다.

버스가 터미널에 도착했다. 순우 형이 먼저 일어나 나에게 손짓을 했다. 먼저 내려도 내가 알아서 곧 뒤따라 내릴 텐데 말이다. 내가 먼저 내리라고 손짓을 해도 기다렸다. 그사이 주여가 순우 형의 극진한 보살핌을 받으며 먼저 내렸다.

"호홋! 강철이 잘 잤어?"

버스에서 내리자 주여가 그 특별한 웃음을 터뜨리며 물었다. 잘 자지도 않았는데 잘 잤느냐고 물어서 특별한 웃음이 별로였다.

"뭐, 그냥요."

나는 심드렁하게 대꾸했다.

"합격자 발표 나면 얼른 알려 줘야 해. 알았지? 나는 일이 있어 여기서 갈게. 강철이 잘 가!"

주여가 먼저 나에게 작별 인사를 했다.

"그래도 내가 열심히 응원을 해서 꼭 합격했을 거야."

주여가 그제야 생각났다는 듯 말했다. 주여가 열심히 응원한 것은 나도 안다. 시험관에게 경고 호루라기까지 받았으니까 말이다.

"고마워."

나 대신 순우 형이 주여에게 고맙다는 인사를 했다. 순우 형은 이제 주여에게 반말이다. 시내버스를 타도 되지만 나는 일부러 지나가는 택시를 세웠다. 순우 형과 주여가 실컷 이별의 인사를 나누게 해야 될 듯해서였다. 아니면 내가 자리를 피해 주는 것이 옳은

일 같았다. 나는 캐리어를 트렁크에 넣지 않고 택시 뒷자리에 실었
다. 그리고 택시 앞자리에 앉았다.

"나도 같이 가."

순우 형이 깜짝 놀라며 캐리어를 한쪽으로 밀고 택시 뒷자리에
앉았다. 택시가 나와 순우 형을 태운 채 떠났다.

주여와 두 번째 만났을 때다. 무슨 사연인지 절대 자기 앞에서
남자가 먼저 등을 보이지 말라고 부탁했다. 가장 싫어하는 일이라
고 했다. 사이드미러로 흘끗 보니 주여가 순우 형의 행동에 당황한
듯 멍하니 서 있었다. 택시를 타긴 했지만 순우 형은 주여에게 결
과적으로 등을 보인 남자였다. 순우 형이 주여에게 결정적인 실수
를 한 것이다.

"흐흐흣!"

나도 모르게 웃음이 나왔다.

"민철아, 아줌마에게 이제 네 진로 멘토 과외 안 한다고 말씀드
렸다. 이제 너 정도면 멘토가 필요 없고 말야. 그리고 나 대학 안
갈 거야. 일단 직장에 충실하고 어찌 되었든 나 스스로 해결해 보
려고 한다."

뒷자리에서 순우 형이 몸을 앞으로 숙여 내 귀에 대고 말했다.
순우 형의 말이 뜨겁게 느껴졌다. 늘 진로 멘토 입장에서 감정이
실리지 않은 말만 하던 순우 형이었다. 당연히 전해지는 느낌도 미
지근하고 의무적이었다.

"잘했어요. 정말 잘했어요."

나는 돌아보지 않고 손을 뒤로 넘겼다. 기다렸다는 듯 순우 형의 손이 내 손을 잡았다. 역시 순우 형의 손도 목소리처럼 뜨거웠다. 순우 형은 우리 아파트에 나를 내려 주고 다시 그 택시를 타고 돌아갔다. 나의 진로 멘토로서 마지막 마무리를 깔끔하게 마친 것이다.

"잘 가, 형!"

나는 아파트 입구로 사라지는 택시를 향해 오랫동안 손을 흔들어 주었다.

집에 들어서자 음식 냄새가 진동을 했다. 내가 좋아하는 갈비찜이었다.

"왔어?"

민지가 문을 삐죽 열고 한마디 했다. 그러더니 문을 콕 닫았다. 그러면 그렇지. 기절할 만한 선물을 준비했다는 문자도 엄마가 동동거리니까 골치 아픈 나를 집으로 유인하기 위한 미끼였던 것이다.

"배고프지? 얼른 씻고 밥 먹자."

주방에 있던 엄마가 하필 그때 갈비찜 냄비 뚜껑을 열며 말했다. 치솟아 오른 김 때문에 엄마의 얼굴이 하나도 보이지 않았다. 아니, 내 얼굴을 보지 않기 위해 일부러 냄비 뚜껑을 열었는지도 몰랐다.

나는 방으로 들어가 캐리어를 열어 물품을 정리하고 빨랫거리를 챙겨 베란다에 내놓았다. 그리고 알아서 샤워를 했다. 우리 집에서 내가 엄마나 민지를 가장 유익하게 하는 일이 바로 그것이었다. 시키지 않아도 내 일만이라도 스스로 하는 것 말이다.

"나와서 밥 먹어!"

엄마가 불렀다. 거실로 나가니 소파 위에 앉아 있던 민지가 일어나면서 턱짓으로 테이블을 가리키며 말했다.

"말했지? 합격 선물이야."

거짓말은 아니었다. 테이블 위에는 개봉하지 않은 택배 물품이 온전하게 놓여 있었다.

"민지가 누나라고 크게 쐈다. 얼른 뜯어 봐."

엄마도 주방에서 나와 민지와 나란히 섰다. 늘 그래 왔듯이 두 모녀는 지금부터 나의 일거수일투족을 낱낱이 감시할 것이다. 어찌 보면 나는 두 모녀가 마음대로 조종하고자 하는 성능 좋은 한 대의 드론 기체였는지 모른다. 그 기체가 어느 날 방향을 잃고 두 모녀의 가시거리에서 이탈해 버린 것이다. 집중강화반에서 나온 것도 그렇고 드론 교육원에 간 것도 그렇다.

차라리 2주라는 교육 기간은 두 모녀에게 자유 시간이었는지 모른다. 그랬던 내가 골치 아프게 다시 GPS 모드를 작동시켜 집으로 돌아온 것이다.

상자를 열었더니 놀랍게도 드론이었다. 그것도 내가 몹시 부러워하던 기종이었다. 눈앞에 있는 드론은 매빅프로라고 교육생 중 하나가 가지고 와서 자랑처럼 연습을 했었다. 나도 부러워하며 한 번 얻어서 날려 보았다.

그 저녁 무렵, 원장이 특별히 아저씨에게 마음껏 날리게 해 준 기종보다 한 단계 높은 드론이었다. 아저씨의 문상을 가면서 내가 가슴에 품고 갔던 것은 매빅이었다. 나는 원장의 바람대로 팔뚝문 신의 바람대로 매빅을 아저씨의 영정 앞에 거룩하게 놓아 주었다. '아저씨, 이제 마음껏 날리세요!' 하고 기도를 하면서 말이다.

"엄마와 누나는 네게 바라는 것이 없어. 그냥 신경 안 쓰이게 네 일만 알아서 잘하면 돼."

엄마가 다시 강조했다. 다시는 평화를 깨는 침입자가 되지 말라 는 부탁이었다.

"마음에 안 들어?"

민지가 물었다. 나름 선물을 받고 기절할 것이라고 믿었는데 내 반응이 모자랐던 모양이었다. 마음에 안 들 리가 없다. 상자를 개 봉하자마자 드러난 매빅프로의 기체는 가슴이 떨릴 정도로 근사했 다. 다른 기종과 달리 착착 접을 수 있다는 것이 큰 장점이다. 가격 도 백만 원을 훨씬 넘는다.

"이따 합격자 발표하면 조립해 볼 거야. 합격 선물이니까."

가장 적당한 대답이었다.

"하긴……."

엄마가 당연하다는 듯 머리를 끄덕였다.

"그래!"

민지가 더 이상 보채지 않았다. 엄마와 민지 그리고 나는 늘 그래 왔던 것처럼 어색하게 식탁에 앉아 늦은 점심을 먹었다. 그리고 민지는 독서실에 간다고 서둘렀고 엄마는 엄마대로 일이 바쁘다고 나가야 된다고 했다.

"비행할 때 한번 보여 줘. 궁금하니까."

민지가 나가면서 말했다. 그것만 해도 큰 관심이었다.

"엄마도 같이 보여 줘."

민지가 관심을 보이자 엄마도 동참했다. 엄마까지 그러자 나는 마음이 불편해졌다. 그렇다면 아빠를 빼고 남은 세 가족이 한자리에 모이는 거다. 집이 아니라 바깥에서 말이다. 아무리 기억을 짜내도 그런 적이 한 번도 없었다.

시간이 참 더디 갔다. 6시 5분 전이 되자 입에서 침이 말랐다. 기체 배터리 두 개가 완충이 되어 녹색불이 되었다. 드디어 정각 6시다. 손바닥 안에 들어온 마우스가 살아 있는 듯 흔들렸다. 이미 웹창에 띄워 놓은 시험 주관 기관의 홈페이지에 커서를 맞추고 클릭했다. 하지만 커서가 두 번 빗나가면서 엉뚱한 팝업창이 떴다. 어렵게 합격자 조회 창을 띄우고 나는 이름과 수험 번호를 입력했다.

– 고민철 님, 축하합니다! 귀하는 초경량 비행장치(무인 멀티콥터) 조

종자 실기시험에 합격하셨습니다.

　합격이었다. 가슴에 소나기를 맞은 듯했다. 나는 덜덜 떨리는 손으로 휴대 전화를 집어들어 화면을 촬영했다. 그리고 엄마와 민지에게 사진 첨부로 문자를 보냈다. 물론 순우 형과 주여에게도 보냈다.

　드르륵, 드르륵!

　문자가 연달아 왔다. 나는 문자를 확인하지 않고 일단 매빅프로를 챙겼다. 합격 선물이니까 이제 당당하게 사용해도 되었다. 내가 문자를 받고도 답이 없자 제일 먼저 주여에게서 전화가 왔다. 소리 공원에 막 도착해서였다.

　"호홋! 우리 강철이 축하해. 합격할 줄 알았어. 내가 그랬지? 절대 남자가 내 앞에서 먼저 등을 보이지 않으면 된다고 말야. 순우 오빠는 이제 아웃이야."

　"……."

　내 예감이 적중했다. 순우 형이 큰 실수를 한 것이다.

　"정말 친한 남자 친구가 있었거든. 내가 특성화 고등학교를 간다고 했더니 등을 보이더라? 자기와는 가는 길이 다르다고 말야."

　주여가 빠르게 말했다. 주여가 처음 내게 그 말을 할 때 분명히 무슨 사연이 있다고 생각했다. 주여가 입술까지 꼭 깨물고 말했으니까 말이다. 주여는 아주 잠깐이지만 눈물까지 살짝 비쳤다.

"나도 순우 형과 택시를 타고 먼저 떠났는데요?"

나는 주여를 덥석 물지 않았다. 일단 밀당으로 버티기를 시도했다. 내가 생각해도 놀랄 만한 발전이었다.

"호홋! 우리 강철이 바보 아냐? 너한테는 내가 '잘 가!'라고 먼저 인사를 했잖아."

주여가 넘어오지 않았다.

"그래도 내가 먼저 떠난 것은 떠난 거지요."

나는 끝까지 버텼다. 마침 휴대 전화의 배터리가 나가면서 통화가 뚝 끊겼다. 집에 들어와서도 충전을 하지 않았다. 보나 마나 주여가 다시 전화를 할 것이다.

"흐훗, 히힛, 크크크!"

다양한 웃음소리가 입에서 터져 나왔다. 나는 참지 않고 마음껏 웃음을 누렸다. 지금은 그래도 될 자격이 있었다.

소리공원을 가로질러 넓은 잔디 구장으로 나갔다. 드론을 마음껏 날리기 딱 좋았다. 가방을 열자 매빅프로가 얌전하게 자리 잡고 있었다. 그 모양이 아빠의 팔로 날아와 얌전하게 날개를 접은 참매의 모습과 똑같았다. 나는 순서대로 기체를 조립해 나갔다. 마침내 한 마리 근사한 새가 눈앞에 나타났다.

"후욱!"

나는 숨을 몰아쉬고 조종기와 기체를 페어링하여 한데 묶었다. 네 개의 플롭이 힘차게 돌며 보챘다. 나는 스로틀 레버를 거침없이 올려 기체를 상승시켰다. 이어서 오른쪽 레버 중 전진 엘리베이터를 힘차게 밀었다.

플롭의 회전음이 희미해지면서 선명하던 기체가 점점 멀어져 까만 점이 되었다. 당연히 조종기에서 후진 엘리베이터 레버를 당겨야 했다. 그러나 나는 그러지 않았다.

"호잇! 허잇!"

나는 아빠가 참매에게 그랬듯이 소리를 질렀다. 그러나 드론은 이미 조종기에서 벗어나 자유롭게 하늘을 날았다. 몇 차례 회전 비행을 하던 드론이 여유롭게 카메라를 가동시켰다. 그때 카메라에 한 아이가 포착되었다. 바로 나, 고민철이다.

"나에게 들어와, 나의 드론!"

나는 아빠가 '호잇! 허잇!' 소리치며 참매를 부르듯 드론을 향해 힘껏 소리쳤다. 그제야 드론이 최종 목적지를 정하고 나를 향해 서서히 날아들었다.